# Tu es mignon
# parce que tu es un peu nul

# 1
## *Bicolore, mais de quel pays ?*

– Et pourquoi pas une botte de navets ? a marmonné ma mère, découvrant le cadeau envoyé par tante Rude pour mes onze ans.

Tante Rude s'appelle Magdalena, mais maman trouve qu'elle ne mérite pas son prénom, alors elle lui inflige des sobriquets. Avant Rude, je l'ai déjà entendue l'appeler Désirée, Kiki la fleur et la Castafiore. De mon côté, je me contente de Rude et quelquefois de chère tante Rude, quand je lui écris une carte de vœux.

Je suis moins sévère que ma mère à l'égard de ma tante. Il faut dire qu'elle n'est pas ma sœur. Elle ne m'a pas coupé la frange pendant mon sommeil pour s'en faire des extensions, ni déchiré mes pantalons afin de les transformer en jupes à volants, donc nous ne nous sommes jamais querellés. Je n'ai aucun grief contre elle, contrairement à pépé, qui ne veut plus la voir, et à maman qui lui reproche encore aujourd'hui un tas de choses et plus particulièrement une, contre laquelle Rude ne peut rien : être une vraie femme raffolant des bijoux, des froufrous dépassant de ses chemisiers, et de son métier. Elle est chanteuse de nuit, en sous-sol. Je suis de l'avis de papa : « On ne va pas la blâmer de ne pas aimer les fenêtres. Il faut de tout pour faire un monde, et laissons-la vivre. » Je demande souvent à aller l'écouter chanter, mais les pays où elle travaille sont trop éloignés de la maison. Et puis maman préfère les pays avec fenêtres. En plus, elle n'aime pas les déguisements, et il semblerait que tante Rude chante en costume.

Une à deux fois par an, j'accepte avec curiosité ses cadeaux nuls. La plupart du temps, ils me parviennent par la poste, et je reconnais immédiatement son écriture aux cœurs dont elle orne ses « i ». Cette année, tante Rude m'envoie des pinces à linge multicolores et une pelote de laine bleue. Son mot explique que les pinces me serviront à accrocher des photos sur un fil de laine tendu entre deux murs et à décorer ainsi ma chambre en toute liberté, sans abîmer le papier peint.

– Finalement, il n'est pas si con, observe papa.

Le gros mot frappe maman en pleine figure.

– Tu ne crois pas que mon frère est assez tordu pour qu'on ne le déforme pas en plus avec des insultes ?

Son frère ?

Papa dit « aïe ! », il pose la main devant les yeux, et maman lève les siens au ciel en changeant vite de sujet.

– Saviez-vous qu'une gomme peut parfois effacer une tache d'encre ? On se complique la vie avec des détergents, alors qu'une astuce de grand-mère convient très bien à certains tissus…

– Eh oui, absolument, répond papa. De mon

côté, je me sers d'eau gazeuse pour effacer une trace de vin sur la moquette...

– À cause du sel, renchérit maman. Dans l'eau gazeuse, c'est le sel qui travaille. Allez, souffle, mon Quentin. Souffle vite tes bougies !

Malgré leurs efforts et les miens pour rester sourd à ce que je viens d'entendre, je comprends bien qu'une gaffe a été commise. Rude ? Le frère de maman ? Rude, ma tante, serait le frère de maman ? Est-ce bien ce qui a été dit ? Je crois que quelque chose m'échappe. Mais je fuis aussitôt. Je suis incapable de demander des explications. Si une incongruité se produit et mérite des éclaircissements, je ne les cherche pas. Je me débrouille avec le peu d'indices qu'on me donne. En général, je tords les choses dans ma tête et je finis par les confier mentalement à Lydie, mon amoureuse qui ne le sait pas.

Pas un de mes cheveux ne va contre l'idée de l'épouser quand j'aurai dix-huit ans. Je la veux autant qu'un hélicoptère. Lydie est la plus somptueuse des filles du collège. Chacun de ses gestes est gracieux. Même la fois où elle m'a lancé un radis à la figure, j'ai été subjugué par la délicatesse de son mouvement. Nous étions à la cantine. Sa main s'est emparée du dernier radis du plat de service. Paume vers le bas, comme si elle préparait un tour de magie, Lydie a tourné son poignet à la manière d'une danseuse de flamenco, et j'ai bien cru qu'une colombe allait jaillir de sa main. Le radis a atterri dans mon assiette. J'ai remercié Lydie en rougissant pendant que la tablée riait, Blex, mon meilleur ami, inclus. Il m'assure qu'elle se fiche de moi, mais mon père m'a expliqué que ma mère avait, elle aussi, débuté leur histoire d'amour en lui lâchant quelque chose au visage, une injure, je crois. Je n'ai jamais eu le droit de savoir laquelle et, comme d'habitude, j'ai enquêté si sommairement et si discrètement que personne ne s'en est aperçu et que je n'ai jamais rien découvert.

Chaque week-end, Lydie part avec ses parents à la campagne. Je ne peux donc pas lui proposer d'aller se promener ou de passer à la maison. En plus, je ne sais jamais quand papa et maman prévoient de se rendre chez pépé. Tout dépend de ses humeurs, et elles ont tendance à varier d'une heure à l'autre. En vérité, je me demande si j'aimerais recevoir Lydie ici. Je n'ai pas exactement honte de mes parents, sauf que je ne suis pas très à l'aise à l'idée de les montrer. Mes amis qui les connaissent ne m'ont jamais signifié qu'ils étaient tordus, j'ai pourtant un problème avec leur couleur. Ils sont blancs. Ils me jurent qu'ils ne m'ont pas adopté et qu'ils sont mes vrais parents. Pourtant, si j'en crois mes cousines, je suis bicolore.

Mes parents ne me l'ont jamais dit, mais les jumelles Cléa et Zoé, les deux filles du frère de papa, m'ont expliqué le problème. Je suis noir seulement du visage, mon corps est blanc, et les miroirs de la maison ont été truqués depuis mon enfance afin que je me voie aussi blanc que mes parents. Quelquefois, j'ai des doutes. Je croise mon reflet dans la rue, dans un rétroviseur, une vitrine, et je me trouve uniforme. Mais Cléa et Zoé me jurent que j'ai tort. Si j'avais raison, elles ne jureraient pas. D'autant qu'elles jurent sur ma tête.

Mais ceci est un autre problème. Pour le moment, je dois me concentrer sur l'affreuse gêne de mes parents qui me tendent mon cadeau d'anniversaire, espérant me faire oublier la gaffe que papa vient de commettre. J'ouvre le paquet et découvre une montre.

– Tu sais, mon chéri, le temps est précieux, murmure maman avec la voix qui déraille.

Et là, apparaît la deuxième raison pour laquelle je ne meurs pas d'envie de ramener des amis ici. Il y a, au-dessus de ma mère blanche, une sorte de nuage fixe, et autour de mon père blanc qui tente de la requinquer avec des blagues nulles, une aura humide. En clair, leur météo n'est jamais complètement clémente, et on manque de grand soleil.

Comme maman adore ce rituel, je lui demande de rallumer mes bougies pour pouvoir les souffler une deuxième fois. Elle se précipite sur les allumettes, papa sur l'appareil photo, et je me lance.

– Je viens du Congo ou du Mali ?

Néanmoins, mes parents ne me répondent pas. Ils ont un problème avec le retardateur de l'appareil photo. Alors je répète ma question un peu plus fort.

– Il est temps que je le sache… Suis-je éthiopien ? Sénégalais ?

– Qu'est-ce que tu racontes, mon chéri ? demande ma mère.

– Je voudrais savoir où je suis né.

– En France, bien sûr, Quentin ! me répond mon père. Tu es né le 5 avril 2002, à Bécon-les-Bruyères. Aussi vrai qu'un et un font deux !

– Non, mais dites-moi la vérité ! Je vous en prie, je veux savoir !

– Bécon-les-Bruyères est un drôle de nom pour une ville… On dirait une invention, tu as peut-être raison de ne pas nous croire après tout, soupire ma mère.

Pour une fois que je me permets de poser une question… Avant de souffler mes bougies, j'avais dix ans, j'avais tout le temps devant moi et j'étais optimiste. À présent, j'en ai onze, je suis propriétaire d'une montre et je vivote. On me cache des choses. Si ma tante est mon oncle, ma vie va-t-elle se briser ? Vais-je apprendre que mon père est ma mère ? Mon ordinateur, un aspirateur ? Pépé, un gentil grand-père ? Bécon-les-Bruyères, un pays d'Afrique ? Et Lydie, un rêve ?

# 2
## *Il n'y a plus de mammouths*

La semaine dernière, j'ai posté les points Ariel que je collectionne depuis un an. Quand j'en ai récolté le nombre nécessaire pour participer au tirage au sort et gagner vingt-huit voyages à Bora Bora, quatre cents draps de bain éponge et trente services à pique-nique, j'ai collé mes points sur une feuille. Mais, une fois le tout posté, j'ai regretté. Depuis, j'attends la réponse et j'angoisse à un point tel que j'ai envie de perdre.

Gagner quatre cents draps de bain, c'est bien, mais beaucoup trop. Je ne vais pas savoir où les ranger. Jusqu'à quarante, j'ai calculé qu'en vidant une partie du vaisselier, j'arriverais à résorber le tas. Mais quatre cents ! Et puis il n'est pas dit que ma mère accepte de jeter son service à asperges. « On ne sait jamais », soupire-t-elle toujours, quand je lui répète combien je trouve ces assiettes vieillottes et le plat de service en forme de panier qui les accompagne encore plus grotesque. Mais il paraît qu'il y a eu une mode du service à asperges, qu'elle peut très bien revenir, et qu'on sera tous très fiers, à ce moment-là, de le ressortir.

Quant à Bora Bora, la destination me tente, bien sûr. M'y rendre une fois ou deux, trois ou quatre peut-être, est une chance, mais vingt-huit fois est un peu excessif. Il existe d'autres pays à découvrir à travers le monde, et il faut quelque chose comme vingt-quatre heures d'avion pour arriver là-bas. Le paquet d'Ariel ne précise pas la durée du séjour ; néanmoins, une chose est sûre : si je pars trop souvent à Bora Bora, Lydie va tomber amoureuse de Timothée. Il n'y a aucune raison pour que ce drame ne se produise pas à un moment donné, et j'aimerais favoriser le sort le moins possible. Toutes les filles de la classe sont amoureuses de lui. Timothée est tout ce que je ne suis pas : il est impertinent, assez nul en cours, mais drôle et excellent en basket. Moi, je suis coincé, plutôt bon élève, surtout en histoire-géographie, en mathématiques et en français, mais sans humour et très mauvais en sport, sauf en roulade avant et en cloche-pied. Ces deux activités n'étant plus au programme dans le secondaire, je me ridiculise consciencieusement deux fois par semaine en lançant des ballons à côté du panier de basket, sous l'œil goguenard de Lydie, dont même l'œil goguenard est bleu et joli.

Timothée dessine bien, surtout les perspectives et les visages, tandis que je frise la débilité avec mes têtes à Toto qui empirent avec l'âge. Depuis que je leur greffe des cheveux, il y a de quoi se soucier de mon avenir psychologique. « Tu fais des dessins de maboul », a constaté Lydie. Heureusement, mon père m'a une nouvelle fois assuré que, chez certaines filles, les vacheries étaient des compliments. Par ailleurs, Blex pense que les filles adorent les tarés. C'est son père qui le lui a dit. Je suis totalement équilibré, je peux en témoigner, mais j'ai peut-être ce côté à l'ouest, un peu rêveur, lunaire, des garçons à lunettes. Même si je n'en porte pas.

Concernant ma bicoloration, je pourrais bien sûr demander du soutien à Blex. Toutefois, lui avouer que je me crois blanc alors que je suis bicolore risque de me faire basculer définitivement dans le paysage des timbrés. Et si j'accepte, parce que l'idée m'arrange, que les filles aiment les originaux, je sais d'avance que Blex aura du mal à le supporter longtemps. Mes angoisses autour du concours Ariel l'ont déjà assommé. Il m'a promis d'héberger la moitié de mes draps de bain si j'étais vraiment à court de place, puis il m'a donné l'idée d'offrir un service à pique-nique à chaque élève de la classe. Enfin, deux pour Lydie puisque nous sommes vingt-neuf élèves. Contre mes angoisses, Blex agit déjà assidûment, alors je ne veux pas lui en demander davantage. Si j'explique à Blex que j'ai cru comprendre que ma tante est un homme, et que je lui raconte, du même coup, pourquoi mon grand-père aboie dès qu'on lui parle d'elle, il va prendre peur. Moi qui connais Rude, je ne vis pas très bien l'idée qu'elle soit un homme. Alors s'il s'agissait pour moi d'une parfaite inconnue, j'aurais du mal à évacuer le problème de ma tête. Et puis au fond, Blex a très envie d'un copain normal. Je ne dois pas oublier que mon affaire de mammouth ne date que du mois dernier. Quand Blex a compris que je croyais encore en l'existence des mammouths, il s'est beaucoup fichu de moi. Par la suite, j'ai lu que cet animal avait quitté la planète depuis quelques milliers d'années. J'étais pourtant certain d'en avoir vu au zoo où mon père nous avait emmenés, Blex et moi, un dimanche. Après tout, on y a bien aperçu des éléphants.

– Le mammouth n'est pas si différent, ai-je objecté.

– Certes, m'a répondu papa. Mais il n'existe plus.

– Et tu pensais croiser un dragon aussi ? m'a demandé Blex.

Non, je sais que les dragons n'existent plus. Mais la chose que j'ignorais encore, avant cette visite au zoo, était qu'ils n'avaient jamais existé. Leur absence a remis en cause toutes mes lectures de jeunesse. Je pensais sincèrement qu'à l'époque de mes vieux ancêtres des bêtes géantes et préhistoriques crachaient du feu. Je n'ai pas voulu poser trop de questions devant Blex, mais je me suis confié à mon père en rentrant. Il l'a répété à ma mère en riant.

– Ah bon ? Il n'y a plus de mammouths ? a-t-elle répondu. Eh bien, sache que cette triste nouvelle ne changera pas le cours de ma vie.

J'ai aussitôt mieux compris d'où viennent certaines de mes lacunes. Papa a pris son ton de connaisseur, avec l'encyclopédie contenue dedans, et il nous a raconté la disparition des bêtes préhistoriques. Ma mère a affirmé avoir vu un cœlacanthe, c'est-à-dire un dinosaure des mers, dans un reportage à la télévision. Et papa a expliqué les images de synthèse à maman qui tentait d'ôter une trace blanche sur la rayure noire de sa manche.

# 3
## *Les tâches invisibles*

Mon père a peur de descendre à la cave. Jusqu'à maintenant, je croyais seulement qu'il prenait son temps pour réaliser les souhaits de maman. Je l'ai souvent entendue pester contre l'absence de réactivité de mon père et se plaindre d'avoir à faire les choses elle-même si elle les voulait accomplies dans un délai convenable. Mes parents se querellent exclusivement à ce sujet. Mon père explique à maman qu'il prend en charge bon nombre de tâches dans la maison, mais qu'elle ne le voit pas. Et elle lui rétorque qu'elle préférerait qu'il l'aide en faisant des choses qu'elle voit. Il lui demande d'être plus claire dans ses ordres. Elle lui répond qu'elle n'est pas sa mère et n'a pas à lui donner d'ordres. Il peut deviner quand il aperçoit une poubelle pleine qu'elle est à descendre, et une machine terminée, à vider.

– Et pas l'inverse ! lui répond papa en ricanant. Faudrait pas que je descende la machine et que je vide la poubelle !

Un nuage noir recouvre aussitôt maman qui n'a jamais d'humour quand il s'agit du ménage. Elle donne alors plusieurs exemples très précis qui ont mijoté dans son ventre depuis le premier jour de leur cohabitation. Elle rêve sûrement de lui balancer à nouveau l'injure de leur rencontre, et papa se ferme comme une huître parce qu'il déteste l'entendre énumérer tout ce qu'il ne fait pas.

Pour la cave, j'ai toujours pensé que maman s'y rend elle-même parce que papa considère qu'on a le temps de faire les valises et qu'il préfère les remonter de la cave au dernier moment, puis, au retour de vacances, les garder dans l'appartement jusqu'aux vacances suivantes, afin de ne pas avoir à aller les rechercher. Or je viens d'apprendre que la vérité est tout autre : papa a peur de la cave.

Avant le déjeuner, ma mère lui a demandé d'aller chercher ma valise pour le voyage scolaire, et il lui a répondu qu'avec la minuterie cassée, il préférait encore sortir m'acheter un sac neuf. Alors maman s'est énervée, s'est plainte de s'occuper de tout et, dans sa colère, elle a trahi leur secret :

– Tu ne crois pas qu'à quarante-cinq ans il est temps de savoir pourquoi tu as peur des caves ! Oh non, mais je te jure !

Elle a descendu l'escalier et nous avons entendu un bruit de chute. Papa a lâché le mot de Cambronne et le clou qu'il avait décidé de planter pour éviter la corvée de cave et s'occuper d'une tâche invisible. Il s'est précipité dans l'escalier. Maman gisait, le genou d'un côté, la cheville de l'autre et le pied d'un troisième. Elle a crié :

– J'ai mal au gros orteil !

On l'a laissée dire, j'ai senti que je ne devais pas lui signaler qu'à mon avis elle avait aussi mal à la jambe. Papa a appelé les pompiers et maman, focalisée sur son gros orteil, n'a cessé d'injurier papa, jusqu'à ce que le pompier lui signale que papa n'était pas responsable de sa chute.

– Si, monsieur ! lui a répondu maman. Si mon mari ne passait pas son temps le derrière sur le canapé à me regarder m'agiter, il remplirait les missions qui lui reviennent ! Aller à la cave est un travail d'homme !

Le pompier n'a pas eu envie de débattre. Il a sorti une petite blague, et papa a rigolé afin de montrer qu'il sait gérer maman sans problème. Elle lui a lancé un regard terrible dont mes quatre cents draps de bain ne suffiront pas à éponger l'aigreur.

Mes parents m'ont laissé à la maison et ils sont rentrés huit heures plus tard, maman la jambe dans le plâtre, et papa lui apprenant à se servir de ses béquilles. J'ai voulu les essayer mais ma mère a explosé. Je les lui ai rendues et, quand papa a repris sa démonstration de l'usage des cannes, insistant sur le bon angle des coudes, maman s'est mise à pleurer.

– Ferme-la, je t'en supplie, lui a-t-elle lâché.

C'est le moment qu'a choisi tante Rude pour téléphoner. Quand papa a tendu le téléphone à maman, elle a soupiré dans le combiné :

– Dis-lui que je dors.

Comme un grand, je suis descendu à la cave chercher ma valise.

# 4
## *Ma petite chaussette*

À la réunion préparatoire, on a conseillé aux parents d'écrire à leurs enfants avant le départ, afin que les lettres les attendent dès leur arrivée en classe de neige. Alors que ma classe de sixième 1 s'est installée aujourd'hui même au Chalet des Écrins, je suis le seul à avoir déjà reçu cinq lettres. Elles proviennent toutes de ma mère et commencent chacune par « Ma petite chaussette ». Assise au salon avec ses béquilles pour seules complices, elle a sûrement le cafard. Mais de là à me coller la honte devant ma classe et devant Lydie, en me ressortant le surnom qu'elle me donnait quand je suis né… je suis ravagé.

Outre le fait qu'il est très fort à skis, Timothée n'est pas moqueur. Tandis que la moitié des élèves me questionnent sur la provenance de mes lettres et que je réponds la vérité en changeant le contexte, c'est-à-dire en affligeant maman d'un handicap bien pire qu'une rotule cassée, Timothée regarde la montagne avec un air poético-sportif. « J'ai hâte d'être demain », dit-il à la professeure principale qui nous accompagne, et « hâte plus encore de descendre quelques pistes à toute vitesse », précise-t-il à Lydie qui rôde dans le secteur avec son air en biais.

Par solidarité, je partage les peurs des enfants à lunettes. La pente m'effraie. Plutôt que de skier, je resterais volontiers dans le jardin à regarder Lydie s'éloigner, de dos, juste pour le plaisir de la voir revenir, de face, les yeux auréolés par les marques de son masque de ski.

Blex a essayé de la faire asseoir à côté de moi dans le car, et le fiasco a été total. Au moment du pique-nique, j'ai déballé mon œuf dur, et elle a changé de place, dégoûtée par l'odeur de mon déjeuner. J'ai tenté de lui expliquer que ma mère handicapée n'avait pas pu me proposer mieux, mais elle m'a répondu :

– Eh bien, change de mère ! Tu n'es pas capable de te préparer un sandwich tout seul ?

Je vais finir par penser qu'elle est raciste. J'aurais pu la vexer à mon tour et lui répondre que son rouleau de printemps n'était pas inodore, mais j'ai pris ses mots comme l'injure qui me revenait, m'accrochant à la théorie de papa sur les peaux de vache. Blex m'a aussitôt rejoint et m'a demandé comment je pouvais supporter une telle pimbêche. Il a un penchant pour Sam. Elle s'appelle Sophie, mais elle trouve son prénom trop classique, alors elle a choisi un surnom américain. Quand elle regarde Timothée, je crains pour l'avenir de Blex. Pourtant lui ne s'avoue pas vaincu. En l'état actuel des choses, je ne vais pas l'accabler avec mon point de vue sur son histoire d'amour. Il pourrait m'accuser d'être négatif. Il faut dire qu'avec la mère que j'ai, être positif est un challenge. Ses lettres dont je parcours une ligne sur deux sont truffées de nuages noirs. J'attends avec impatience le passage d'un anticyclone. À renfort de points d'exclamation, maman essaie de me faire croire que tout va pour le mieux entre elle et le canapé sur lequel elle reste assise à longueur de journée, faute d'adaptation à ses béquilles. Elle travaille depuis la maison, et j'imagine la tête qu'elle tire à papa quand il rentre le soir et constate qu'il n'a plus de biscottes pour accompagner son camembert. Je l'entends lui répondre :

– Et tu n'as pas eu l'idée d'aller faire quelques courses en sortant du bureau ?

– Demande-moi, chérie, demande-moi ! Écris une liste !

Et là, papa s'approche d'elle et maman n'ose pas continuer à lui faire des reproches parce qu'elle se sent ridicule. Elle s'est commandé une soupe phô chez le vietnamien pour le déjeuner et elle n'est pas trop sûre de son haleine parce qu'elle n'ose pas lâcher ses béquilles pour aller se laver les dents toute seule. Chaque jour, elle attend que papa rentre pour faire sa toilette, car elle a trop peur de tomber. Donc elle rumine sa soupe phô depuis midi, elle est fâchée, et une fois que papa est assis à côté d'elle, soucieux de lui tenir compagnie et de remplir le grand vide occasionné par son absence, elle garde tout son nuage pour elle. Elle l'autorisera à se déverser en pluie seulement quand elle l'aura rincé au dentifrice.

D'accord, là-haut sur les sommets, je devrais penser à autre chose qu'à l'haleine de ma mère et aux affaires de mes parents, mais de deux douleurs, je choisis la moindre. Lydie s'acoquine davantage d'heure en heure avec un « encadrant », membre de l'auberge de jeunesse chargé de nous surveiller avec deux « encadrantes ». La prof principale veut absolument nous faire avouer que nous avons des bonbons cachés dans nos valises, ce que je nie en bloc, même si je soupçonne maman d'avoir glissé dans les manches de mes pulls plusieurs Carambars. Alors je me sens oppressé. Qu'est-ce que ça peut leur fiche qu'on ait nos bonbons personnels ?

– Il faut partager, explique la prof en découvrant des noix de cajou dans le sac de Timothée.

J'ai l'espoir que cette découverte éloigne les filles, mais elles trouvent toutes génial que Timothée mange des noix de cajou plutôt que des fraises Tagada.

– Un vrai homme, entends-je murmurer Sam.

Les encadrants nous racontent le déroulé du séjour. Ils articulent comme si on avait six ans. École et ski en alternance, veillée le soir. Je me demande à quel moment je serai le moins ridicule, sur des skis, un tire-fesses, ou dansant à la boum de fin de séjour. Imaginer ma tête noire sur mon corps blanc, revêtu de la combinaison rouge et verte, que maman s'est crue obligée de m'offrir, dévalant une piste, que dis-je ? dégringolant sur une piste, me donne déjà des sueurs froides.

« Regarde comme elle est sympa », s'est écriée maman, sortant la combinaison d'un sac. J'ai d'abord cru à un déguisement de Superman.

Puis j'ai compris que c'était sérieux. Elle s'était sans doute privée d'un achat pour elle, comme le petit pull marron et bleu qu'elle lorgne depuis le début de la saison dans la boutique où elle ne va plus depuis que je suis né. J'ai dit « super », et j'ai ajouté « merci ».

Lydie lisse ses cheveux de la paume de la main en prenant son air flou, le deuxième qu'elle pratique avec l'air en biais. Elle alterne. L'encadrant Mitch ne la regardant pas du tout, elle croise les jambes en créant une nouvelle attitude. L'air pincé. L'encadrante blonde et grise, Valou, et l'encadrante brune, Marie-Clo, sifflent tour à tour, nous expliquant que nous devons courir au vestiaire pour enfiler nos chaussures de ski. Surprise ! Une descente de fin de journée vient d'être inventée par les trois encadrants. De seize heures quarante-cinq à dix-sept heures trente, nous goûterons à la glisse, c'est dit.

Je n'apprécie guère les mouvements de foule. Je veux montrer à Lydie qu'en homme de onze ans je ne suis pas du genre à répondre au coup de sifflet, alors je termine ma tartine, tentant un air poético-rêveur-non sportif et sifflotant un air de rock, mais Valou me traite de « mou du genou » et Marie-Clo renchérit, sur un ton qui donne à sa bouche une allure molle qui me déplaît. Mitch me demande de passer la deuxième, et Blex rit. Lydie lance :

– Avec lui, c'est souvent la marche arrière. Il va falloir vous habituer !

Vite, je cache mon oreille sous mon cœur, et la réflexion de Lydie me passe au-dessus de la tête. Un peu à la façon du télésiège, douze minutes plus tard, lorsqu'il faut attendre derrière une petite barrière que je viens de forcer malgré moi, glissant allègrement sans parvenir à freiner.

– C'était en pente ! dis-je à Marie-Clo.

Elle me ramasse en me grondant, après que j'ai pris dans la tête le télésiège arrivant à pleine vitesse, pile au moment où j'étais supposé l'attendre derrière la barrière. Heureusement, pendant ce temps-là, Lydie file devant, assise entre Sam et je-ne-veux-pas-savoir-qui. Derrière elles, Chrysoline regarde le ciel, espérant voir tomber la neige ou des pastèques ou peut-être des hamsters. Elle est si renfermée que je me demande parfois à quoi elle rêve ou si, au contraire, son cerveau est bloqué. Pensant que ma chute va me permettre d'attendre la classe en bas de la piste, je traîne des spatules derrière Marie-Clo. Néanmoins, je me retrouve manu militari derrière la barrière d'attente et je glisse comme la première fois vers l'avant, maintenu cette fois par l'arrière de ma combinaison par une Marie-Clo irritée, la bouche de plus en plus tordue de grimaces, me sommant de m'accrocher au poteau. Hélas ! tenir un forfait, deux bâtons et un poteau est au-dessus de mes forces. Le forfait tombe par terre.

– Tu ne l'as pas attaché à ta boutonnière ? me crie Marie-Clo.

Non. Je veux avoir l'air adulte devant Lydie. Un peu comme avec les clefs de la maison. Maman me les a confiées pour mes dix ans, à l'époque où j'étais un enfant rempli d'illusions, à condition que je les porte en collier à mon cou, comme une vache sa clochette. Mais dès que je me trouve face à Lydie, je les glisse dans ma poche. Aujourd'hui, j'ai onze ans, je suis un homme équipé d'une montre et je me refuse à accrocher mon forfait à la boutonnière.

Mais Bouche molle ne l'entend pas de cette oreille. Ma rébellion est interne. Je ne moufte pas quand elle me l'attache, je ne moufte pas quand elle me parle comme à un débile et je ne moufte pas quand elle me prend la main, enfin le bâton, pour me guider vers le télésiège. Je vais même jusqu'à en prendre mon parti. Et si Lydie était jalouse de ma connivence avec Marie-Clo ? Elle peut très bien penser que nous nous amusons et que ma compagnie est un régal pour cette adulte, même moche.

Je descends ma première pente.

– Droit devant, Quentin ! jappe Marie-Clo.

Elle n'a pas besoin de me le dire. Je n'ai, de toute façon, aucune intention de tourner. Je le prouve. Skis parallèles, oubliant tout de mes notions de chasse-neige, je dévale la pente, jambes raides, sourd aux conseils de Marie-Clo me hurlant de plier les genoux. Je vois la classe rassemblée au loin, prête à partir pour un nouveau tour de télésiège. Je distingue le bonnet rose de Lydie et le bonnet jaune de Timothée juste à côté du sien. Deux boules de glace, fraise-passion, je compte bien leur servir de cuiller et me planter entre eux deux. J'ai des ailes. Je vais contrôler un dérapage, doubler dans la file Rodéric, Franck, Chrysoline et Blex. Je vois très bien par où passer pour atterrir pile là où mon destin m'attend. Je sème Marie-Clo qui me crie de freiner. Et pourquoi donc ! Dans cent mètres, je récupérerai Lydie, je m'accrocherai au poteau comme un chef et je prendrai le télésiège sans autre souci que celui de lui plaire.

Je rejoins la classe, mais quelle n'est pas ma surprise de constater que je mets plus de temps à freiner qu'à bicyclette ! Je continue ma route à vive allure et dépasse la file d'attente. Mon chasse-neige ne répond pas. Marie-Clo vocifère :

– Dans l'autre sens, Quentin ! Rapproche l'avant de tes skis, pas l'arrière !

Il me faut quatre-vingts mètres supplémentaires pour me casser la figure.

– La neige est froide. J'ai mal au nez, dis-je en voyant la tête de Marie-Clo penchée au-dessus de la mienne.

Je dégage la neige de mon visage et je distingue mieux le sien.

– Tu n'as pas plutôt mal à la jambe ? suggèrent les yeux de Marie-Clo dont la bouche s'affaisse encore si cela est possible.

Je suis son regard, je cherche mon pied, je le trouve dans l'axe de la pente, mais pas dans celui de mon genou. Au loin, je distingue les deux boules jaune et rose s'envoler dans le ciel, comme deux joyeux ballons indépendants, et je hurle.

## 5
## *Classe de glace*

Quand je rentre au chalet, huit heures plus tard, j'ai fini de crier depuis un bon moment, sans doute grâce à la piqûre qu'on m'a infligée et au plâtre immobilisant ma jambe. Tout le monde dort. De jour, le lieu m'inspire autant de bien-être que ma classe de CE2 dont les fenêtres étaient placées si haut que la maîtresse, munie d'une règle chargée de prolonger son bras, parvenait à les ouvrir seulement sur la pointe des pieds. Sans lumière, nous n'avions d'autre choix que de lever le nez pour attraper un peu d'air. De nuit, le chalet me rappelle plutôt un livre épouvantable offert par tante Rude pour mon opération des végétations sur la couverture duquel une grosse maison grise aux rideaux posés sur la façade jaillissait d'un grand trou. Autant dire que ce retour dans le noir vers l'affreux dortoir de l'affreux chalet me remue les entrailles. J'aimerais tant fermer les yeux et les rouvrir dans ma chambre, au chaud dans le lit qui peut encore me servir de cabane quand je suis triste et presque content de l'être pour constater à quel point mon nid familial est douillet.

Soulagé d'être privé de ski, mais ennuyé à l'idée de laisser Lydie et Timothée évoluer en liberté, je me sens très partagé. En plus, Marie-Clo est à mes trousses et elle n'est pas prête de me lâcher. Je crois qu'elle se sent un peu responsable de ma jambe cassée. Elle détourne pudiquement les yeux de mon plâtre, m'aidant à enfiler mon pyjama, puis elle attend que je sois couché, me sommant de ne pas allumer la lumière afin de ne pas réveiller les autres. Elle me caresse la joue en me souhaitant une bonne nuit.

Elle ajoute pour la huitième fois depuis que nous avons quitté l'hôpital :

– C'est pas de bol.

À présent, je suis couché. En mon absence, Rodéric a pris mon lit sous la fenêtre. J'occupe celui du milieu, à côté de Blex. Mais je déteste dormir loin d'un mur. Quand je me confie à maman à propos de ma peur du milieu, elle me répond que je suis comme tante Rude. Sauf que je ne chante pas dans le noir. Et je risque de chanter encore moins en classe de neige. J'ai envie de pleurer, pas du tout envie de dormir et très envie d'aller aux toilettes. Cependant, me relever avec mes béquilles et risquer de croiser Marie-Clo dans un couloir m'angoisse. J'aime encore mieux faire pipi au lit.

Je pensais qu'avec une jambe cassée j'aurais le droit de téléphoner à mes parents. Mais non. Marie-Clo s'en est chargée. Je ne dois pas parler à maman, au risque de ressentir un grand coup de cafard. Je vais donc devoir attendre deux semaines moins presque un jour pour lui raconter ma chute, lui confier que j'ai pleuré, puis que j'ai été fort, et lui dire que la combinaison rouge et verte était parfaite. Les secours l'ont découpée avec une grande facilité afin de libérer ma jambe.

La main de Rodéric dépasse du drap. Il serre un petit mouchoir entre ses doigts. Blex est drôle quand il dort, la joue gonflée contre son poing, on dirait un bébé. Je distingue mal Antoine et Colin, ils occupent le mur d'en face, avec Rémi et Gonçalo dont le singe en peluche est tombé par terre. Si j'avais deux jambes, je le ramasserais et je le glisserais sous son drap pour qu'on ne se moque pas de lui au réveil. Je ne suis pas un saint, mais je n'aime pas les railleries qu'il essuie souvent à cause de son poids. Il est gros et mou. C'est pas de bol, comme dirait Marie-Clo.

Je pense à ma princesse Lydie, qui repose dans le dortoir d'à côté, entre Sam et Chrysoline, ses deux servantes. Je suis certain que Lydie dort sur le dos et qu'elle voit le ciel à travers le plafond, grâce à ses yeux laser qui lui offrent un accès direct aux étoiles. Qui sait si mes béquilles me donneront de l'intérêt ? La vie de chalet devrait quand même me laisser quelques bonnes occasions de lui plaire. Je sais faire du feu. Hélas ! les encadrants m'interdiront sans doute de me servir des allumettes. J'aimerais pourtant en avoir quatorze sous la main et les craquer, une à une, afin de provoquer la fonte des glaces, vite, vite, et mon retour à la maison.

Il y a une heure de la nuit où maman compte plus que Lydie.

# 6
## *Je ne suis pas très confiture*

Pendant que la classe part skier avec professeurs, encadrants et moniteurs, je reste au chalet en compagnie de Marie-Clo. Marie-Clo et sa bouche molle. Si maman était là, elle me dirait que ça tourne à l'obsession. Mais primo, maman n'est pas là, et secundo, il ne s'agit pas d'une obsession mais d'un rejet. La vision de la neige ne m'émeut pas, alors celle de la bouche de Marie-Clo n'a vraiment aucune raison de me réjouir. Elle est là, cette bouche molle, à lâcher de temps à autre une réflexion censée m'amuser.

– Alors, Quentin, à l'aise sur une patte ?

On dirait pépé tout craché. Elle se débarrasse

de moi avec trois mots en vrac dont je dois me satisfaire. Je souris pour rester en bons termes avec elle. Mais je ne peux m'empêcher de la trouver débile. Elle tient à rester avec moi au chalet et, même quand Valou lui propose d'alterner, elle répond qu'elle est aussi bien là, au chaud avec un éclopé, que sur des skis avec des enfants qui n'écoutent rien.

Alors Marie-Clo arpente le chalet, voûtée comme une petite vieille, malgré son jeune âge, à la recherche de tâches ingrates comme rassembler le linge qui traîne, vérifier qu'aucun enfant n'a caché de bonbon personnel, ou mettre la table et répartir la confiture du grand pot dans des soucoupes pour le goûter. En plus, elle est bavarde. Et quand elle se tait, sa bouche continue de s'activer, comme si elle contenait des dents parallèles et une deuxième langue, avec leurs vies indépendantes, qui trahissent tout ce que Marie-Clo voudrait garder pour elle. Je ne peux pas penser qu'elle est contente de dire des phrases comme : « Viens, petite confiture, que je te dispatche. »

Mon objectif est quand même de l'amadouer assez pour qu'elle me délivre mon courrier avant le retour des autres, donc je lui souris. Maman m'expédie une lettre par jour, voire deux, pensant bien faire, j'imagine. Elle me raconte son plâtre et s'enquiert du mien. Forcée par Marie-Clo, je lui réponds de temps en temps, mais à moindre fréquence. Quant à ma journée, je la lui résume vite fait.

Maman me manque dès que je ne reçois pas ses lettres. Cependant, dès que je la lis, elle m'horripile. Je ne suis pas davantage sa « chaussette » qu'elle est la « petite maman chérie » à laquelle je réponds, avant de vite fermer l'enveloppe pour être sûr que les autres ne lisent pas dans mon dos.

Afin que Marie-Clo me donne mon courrier avant l'heure, je quitte mon livre et, l'œil flou, je regarde l'âtre de la cheminée éteinte, sans oublier de sourire quand elle sort une petite phrase que je ne suis pas censé entendre, mais qu'elle prononce en fait à mon intention. Une fois qu'elle s'est adressée à la confiture, elle peut très bien se confier à un portemanteau ou à un paillasson :

– Dites donc, les amis, préparez-vous à bientôt accueillir nos petits skieurs !

Là, je la manipule comme je veux. J'adresse à mon tour un message au portemanteau.

– Oui, tout à fait, M. Portemanteau, attends-toi à la cavalcade du retour !

Et il ne faut pas deux minutes à Marie-Clo pour rappliquer et me parler comme à une petite chaussette. Heureuse que je partage ses conversations avec les objets, elle sort de sa poche le courrier qui m'est destiné.

Ensuite, on attend les autres. Marie-Clo prépare la veillée du soir. Elle découpe des mots en prévision des jeux de mimes. Elle me confie qu'à la fin du séjour nous aurons une soirée fantôme.

Je lui expliquerais bien qu'on a onze ans, et qu'elle est complètement à côté de la plaque avec ses fantômes, mais je me tais. Un fantôme, j'aimerais en être un, pour voir ce qui se trame dans mon dos, sur les pistes, entre Lydie et Timothée. Blex me raconte qu'aucun rapprochement n'est flagrant, et que Lydie fréquente plutôt les filles. Sam et Suzy de préférence. Quand ils reviennent le soir, certains évoquent leurs prouesses à skis ou leurs chutes, et d'autres me tiennent à distance. L'éclopé de service n'a d'intérêt que lorsqu'il prête ses béquilles, et je le fais de bonne grâce.

Pendant le dîner, je me rends compte que je suis finalement mieux seul au chalet avec Marie-Clo en effervescence qu'avec tous mes camarades. La présence des autres me rend triste, et je ne sais pas pourquoi. J'aime voir mes amis quand je peux rentrer chez moi. Mais en classe de neige, je me sens enfermé. J'ai peur des amitiés naissantes. Je vois Blex s'amuser avec Adam et je me dis que je perds ma place. Assis sur le banc de la cour du chalet, je les regarde jouer dans la neige. Lydie discute avec Sam. Quelquefois, j'entends des mots comme « soirée », « parfum », « mascara ». Je les mélange mentalement et je me fabrique des images. Il y en a une que j'aime beaucoup. En attendant notre hélicoptère personnel, je passe un petit collier au cou de Lydie, alors qu'elle se parfume pour une soirée. Mascara, notre doberman, veille sur la maison. C'est beau. Je rêve.

Il vaut mieux, car ma jambe dans le plâtre ne nous a pas rapprochés. J'ai compris que je n'avais pas gagné ce plâtre héroïquement. Si je l'avais obtenu en me battant contre une bande de brigands ou en sautant du télésiège pour récupérer son bâton, Lydie serait certainement plus admirative. La seule douceur que m'apporte mon plâtre est le surnom dont elle m'affuble : Platros. On dirait un nom de médicament pour le ventre.

Comme s'il ne me suffisait pas d'être bicolore, d'avoir une jambe dans le plâtre, de perdre mon meilleur copain à petit feu et de me geler sur un banc, maman m'écrit qu'elle a réceptionné un paquet Ariel. Il m'attend dans ma chambre. Elle n'en ajoute pas davantage. J'ai des sueurs froides. Comment vais-je réintégrer ma chambre si quatre cents draps de bain en bouchent l'accès ?

## 7
## *Tu es mignon parce que tu es un peu nul*

La soirée fantôme qui se déroulera en fin de séjour consiste à se recouvrir d'un drap et à courir dans les couloirs en criant « hou ! ». Quand Valou et Marie-Clo nous ont expliqué la première partie de la règle du jeu, nous avons tous rigolé. Puis Mitch a détaillé la suite. Si le « fantôme » caché sous le drap répond aux questions de ses camarades en transformant sa voix, il doit dire la vérité. Le vainqueur est le dernier fantôme non démasqué par les autres.

Masquer ma voix, je sais faire, masquer mes béquilles, beaucoup moins. Je serai donc repéré d'emblée. Dans l'ensemble, je me fiche complètement de perdre ou de gagner, mais face à Lydie, je pense qu'il serait bon de me faire remarquer, de temps à autre, par autre chose qu'un échec.

– Tu es mignon parce que tu es un peu nul, me lâche-t-elle à l'instant, alors que je tente de lancer un papier roulé en boule dans la poubelle.

Je ne sais pas comment le prendre. Néanmoins, on m'a enseigné la politesse, et je réponds toujours à un compliment.

– Merci, Lydie.

Maman me supplierait de ne pas me conduire comme tante Rude. Un jour, son fiancé l'avait abandonnée, et Rude était passée à la maison. Elle était éplorée. Maman avait beau lui demander de ne pas raconter ses « machins » devant moi, elle s'entêtait.

– Ce ne sont pas des machins !

La voix déraillante, tante Rude expliquait que son fiancé lui avait adressé, via sa boîte aux lettres – « sans même oser me le dire en face » –, insistait-elle, un mot d'injures accompagné d'un

CD de dix-sept chansons dont les textes, truffés d'insultes et qui lui étaient personnellement dédiés, contenaient des mots comme « sale… ».

Et là, maman a hurlé pour que tante Rude n'énumère pas les insultes en ma présence. Tante Rude est parvenue à se réfréner. Néanmoins, j'ai senti qu'elle mourait d'envie que j'aille aux toilettes pour pouvoir énumérer la liste. Le problème de Rude était complexe : elle voulait se fâcher à cause des injures, mais elle tenait à remercier pour le CD. Elle expliquait à maman :

– Mais on nous a bien élevées, quand même ! On ne nous a pas seulement nourries ! Il m'a acheté ce CD, je dois le remercier !

Maman a d'abord cherché des arguments sensés, puis, voyant que tante Rude restait sourde à ses conseils, elle s'est mise en colère et a lancé :

– Eh bien, soit ! Envoie-lui une lettre de remerciements pour ses insultes et qu'on en finisse ! Libre à toi ! Si tu es contente de te faire traiter de « sale p… » !

À ce moment-là, j'ai couru aux toilettes parce que les mots de maman sortaient malgré elle, et je ne voulais pas qu'elle se sente gênée ensuite de les avoir libérés devant moi. De loin, j'en ai entendu une ribambelle.

Me concernant, je pense qu'en pareille situation papa et maman émettraient deux avis très différents. Papa me dirait que Lydie a cette façon très personnelle de me signifier qu'elle fait attention à moi. Elle me traite de nul, mais pense l'inverse. Et maman me conseillerait de laisser tomber cette pimbêche et de ne même pas lui adresser un regard.

La laisser tomber, je veux bien, mais pour cela il faudrait déjà qu'elle se tienne à moi et pas à Timothée qui la fait allègrement glisser sur le parquet en lui montrant des prises de judo. Elle rit à gorge déployée pendant que Sam, encombrée de Chrysoline, dont personne ne veut parce qu'elle porte encore des chaussures à brides, regarde en direction des garçons.

– Je peux te faire un croche-patte avec mes béquilles si tu t'ennuies, lui dis-je en souriant.

– Niananiania. Tu t'appelles Timothée, peut-être ?

Avec ses bagues dentaires vertes, franchement, Sam peut toujours courir. Timothée ne lui fera jamais de prise de judo. J'ai quand même un espoir. Je viens de me rendre compte que Lydie arbore un pull bicolore noir et blanc. Noir en haut, blanc en bas. Et j'y lis un message personnel. Une sorte de secret entre nous, je crois. Mon cerveau transpire à force de penser. J'aurais besoin de quatre cents draps de bain pour éponger mon front qui dégouline. Je me mets debout, j'avance vers elle, je ne sais pas ce que je compte dire, mais plusieurs mots jouent à la bataille sur ma langue. J'hésite entre le sérieux et le rigolo. Par terre, toujours hilare, elle tend la main à Timothée pour qu'il la relève, mais Timothée recule. Lui parlant comme un coach sportif, il l'incite à prendre sur elle et à se redresser, ou bien il finira la lutte au sol. Je n'y connais rien en judo, mais cette technique me paraît un peu bizarre. Je tends ma béquille à Lydie. Évidemment, adroit comme je suis, je manque de la lui enfoncer dans le nez, alors elle s'exclame :

– Dis donc, Platros, tu veux me défigurer ou quoi ? Timothée, à l'aide ! Platros m'agresse !

Toujours hilare – c'est déjà ça si je la fais rire –, Lydie recule, assise sur le plancher. Avec un poil d'imagination, je peux penser que Lydie me fuit…

Et comme dit toujours papa : « Suis-moi je te fuis, fuis-moi je te suis. » Et maman de lui répondre : « Compte là-dessus et bois de l'eau fraîche. »

## 8
## *Un demi-chagrin*

Il y a des périodes qui passent plus vite que d'autres. Pendant la classe, le matin, je suis content de récupérer Blex à côté de moi. Le reste du temps, je lui cours après avec mes béquilles et j'ai un peu l'impression de passer pour un pot de colle. Blex reste gentil, mais il vient d'apprendre qu'Antoine part en vacances à Montalivet, comme lui. Du coup, ils se sont trouvé des tas de lieux en commun : la plage, le loueur de planches, et le bar aussi. Ils ont fait exprès de parler fort devant les filles, pour raconter qu'ils vont dans ce bar où ils restent très tard le soir. Néanmoins, je ne suis pas dupe. Je sais bien qu'ils s'y rendent avec leurs parents. Ils prennent des airs satisfaits et indépendants, mais ce sont des enfants. Je me sens rejeté quand ils deviennent trop amis.

D'abord, moi aussi je suis déjà allé dans un bar avec papa. On attendait maman qui se faisait opérer d'une dent. Papa a commandé un demi, et moi, un cocktail rouge. On a trinqué en regardant un match de rugby. D'ailleurs, quand maman est sortie de chez le dentiste et nous a rejoints, elle a dit à papa qu'il sentait mauvais. Je l'ai défendu en disant qu'il n'avait pris qu'une demi-bière. Et papa a éclaté de rire. Je ne supporte pas qu'il se moque de moi quand je le défends. Un demi ne signifie pas une demi-bière, mais une bière tout court. On commande « un demi ». Vous m'en direz tant ! Ils ont ricané tous les deux jusqu'à la maison, et maman, malgré sa joue gonflée, répétait : « Ma petite chaussette, t'es trop mignon. »

De mon côté, aucun élève ne part en vacances là où je vais. Je peux toujours chercher, à mon avis, je ne trouverai pas. L'étang de Berre n'attire pas les foules. Pourtant on y est bien, papa, maman et moi. On parle de « notre » étang et on s'y rend le soir, quand les quarante degrés sans air de la journée nous ont laissés un peu groggy. Bien sûr, dans les yeux de maman passe un catalogue d'autres destinations avec sable blanc, transats, gens chics et pontons en bois, voire radeau-bar. Mais, au fond, je sais qu'elle est contente de se rouler avec moi dans le sable où, de temps à autre, elle trouve un boulon, un pneu ou un morceau de plastique. On est contents de rentrer chez nous ensuite parce qu'on n'a pas passé de trop bonnes vacances non plus, alors la rentrée des classes est moins dure.

Pendant que mes amis se cherchent des points communs, je me trouve de plus en plus de différences. Je suis nul en groupe. J'ai l'impression d'être anormal. En plus, mon doute sur ma bicoloration va en s'amplifiant. Le miroir des douches m'indique quotidiennement que je suis tout ce qu'il y a de plus blanc, de la tête aux pieds. Alors peut-être que même jusqu'ici, au

Chalet des Écrins, mes parents sont venus trafiquer les miroirs ; mais avec le plâtre de maman, et sans même passer m'embrasser dans ma chambre, ce subterfuge me semble incongru. Je me retrouve seul face à mes interrogations. Je les confie comme toujours dans ma tête à Lydie, mon amoureuse qui s'en doute un peu. Mais s'en contrefiche beaucoup.

Je compte en nombre de nuits le temps qui me sépare du retour. Maman me le confirme dans certaines de ses lettres, indiquant à sa petite chaussette qu'il n'en a plus que pour six dodos. Elle m'énerve, mais j'ai quand même hâte de rentrer ranger mes draps de bain ! Je l'emmènerai certainement une fois sur les vingt-huit à Bora Bora, maman le mérite, et puis elle en rêve tellement lorsqu'elle décolle de son maillot de bain les traces de goudron causées par les algues de l'étang de Berre.

Blex aussi, j'aimerais l'inviter à Bora Bora. Et aussi à l'étang de Berre. On n'irait pas au bar, mais on ferait des cabanes. Avant, je lui en parlais, et il ouvrait de grands yeux, toujours admiratif de ce lieu de vacances qui n'avait pas l'air de ressembler aux autres. On s'est déjà raconté le deux-roues qu'on se fabriquerait avec les pièces détachées dégotées pendant nos baignades.

Actuellement, il semble bien plus excité par des vacances classiques sur une plage propre. À regret, je me rapproche de Rodéric, mais on n'a pas plusieurs amis comme Blex. Je me force, surtout pour rendre Blex un peu jaloux. D'ailleurs, je me demande à partir de quel âge on s'ennuie moins avec tous ces trucs-là. Quand je comptabilise le temps que je passe dans une journée à faire des choses, non parce que j'aime les faire, mais par calcul, c'est aberrant. Dans l'idéal, je voudrais dire à Blex que Montalivet est nul, que son meilleur pote, c'est moi. Et que j'aimerais l'inviter à l'étang de Berre.

Mon père me conseillerait de crever l'abcès. Il adore cette expression. Mais j'ai peur de passer pour un idiot. Déranger Blex en grande conversation avec Antoine risque de m'apporter davantage de déceptions que de joies.

Je m'approche quand même d'eux, et Blex me fait signe d'avancer plus vite. Je fais ce que je peux avec mes béquilles… Il a l'air chamboulé.

– Sam fait une boum chez elle samedi prochain, me dit-il.

– Et alors ?

– Elle a invité tout le monde, toute la classe, tout le monde. Tu te rends compte, même Chrysoline ! Tout le monde. Sauf moi ! lâche Blex.

– Sauf nous ! je m'écrie.

Et je suis si content de lire dans les yeux de mon ami la reconnaissance.

– D'ailleurs, j'ajoute, si elle m'invite, sachant que tu n'y vas pas, je n'irai pas non plus.

Antoine regarde par en dessous. Je suis sûr qu'il a accepté l'invitation de Sam et que Blex va lui en vouloir. Il est comme ça, Blex. Il rêve d'un nouveau copain à Montalivet, mais, au fond, il sent bien qu'il n'y a pas mieux qu'un vrai copain à l'étang de Berre.

# 9
## *La soirée fantôme*

La soirée fantôme bat son plein. Courant moins vite que les autres, je n'ai pas eu l'occasion d'attraper un drap, et on m'a gratifié de ce qui restait. Il fait soixante-trois degrés sous la couverture en laine dont on m'a affublé. Fantôme marronnasse, je sautille dans le chalet, me demandant bien pourquoi puisque les autres ont deux étages et quatre cents mètres d'avance sur moi. Je ferais mieux de m'asseoir, de retirer mon couvercle et de prendre un bon bouquin.

Quelquefois je ris tout seul. Je ne suis pas fait pour la vie de groupe, mais je suis fait pour la vie de couple. Je le sens. Si je jouais au fantôme, seul avec Lydie, dans notre petit cottage de bord de mer, je m'amuserais. Là, je me sens mis en danger par les questions qu'on va me poser. Quand j'arrive dans le foyer, elles ont déjà commencé. Les draps tombent, quelques fantômes sont rapidement démasqués. Comme par un fait exprès, moi, on me laisse sous ma couverture. Tout le monde m'a repéré avec mes deux béquilles qui dépassent, et je crois que le jeu est à présent de me faire mijoter.

Au fond, je rêve que Lydie me demande : « Est-ce que le fantôme de la couverture marron est aussi beau avec et sans cannes ? », ou : « Le fantôme marron voudra-t-il m'épouser plus tard ? », ou encore : « Le fantôme marron est-il l'être génial qui a dix-sept de moyenne et que j'admire tant que je ne sais lui parler autrement qu'en me moquant de lui ? »

Chrysoline, en retrait dans le fond de la pièce, prie comme en cours de maths pour qu'on l'oublie. Elle est si timide que l'idée de poser une question à haute voix la paralyse. À la manière d'un caméléon, elle se fond avec les murs. Lorsqu'elle s'adosse à la fenêtre, je me demande si elle serait capable de virer à l'écossais des rideaux. C'est au tour de Sam de poser une question. Démasquée depuis longtemps par les autres puisqu'elle n'a pas compris qu'il fallait transformer sa voix, elle compte bien ne pas être en reste.

– Je voudrais demander au fantôme en laine marron si c'est bien lui qui regarde toujours Lydie avec des yeux de merlan frit ?

La classe éclate de rire. J'hésite. Je suis tenu à la vérité, je dois donc acquiescer, mais après tout il s'agit d'un jeu, et à ce que je sache, aucun détecteur de mensonges n'est installé dans la pièce. J'hésite, je tergiverse, et Valou me presse :

– Allez, fantôme marron, tu dois répondre la vérité ! Mais tu peux changer ta voix !

– Imite une voix de fille ! me conseille Mitch.

Je ne vois pas bien la différence entre ma voix actuelle et une voix de fille. Ma mère a beau passer cela sous silence et rabrouer papa quand il se permet d'imiter certaines de mes intonations peu viriles, j'ai bien compris que j'étais en train de commencer à muer. Autre satisfaction de taille avec l'arrivée de mes onze ans.

J'hésite encore, je dois répondre, mais dire que je regarde Lydie, avouer mon sentiment pour elle va me rendre ridicule. Je ne suis pas ridicule d'être amoureux, je suis ridicule d'être amoureux de la fille la moins éprise de moi, dans la classe, dans l'école, voire dans le monde.

« Le ridicule ne tue pas », dirait maman. « Sors-toi toujours des situations avec humour et dignité », me conseillerait papa.

Alors mon ange gardien, l'ange des êtres bicolores, j'imagine, m'instille un souffle divin, et je me lance. Avec ma voix, la mienne et celle de personne d'autre, je m'étonne :

– Lydie ? Je regarde Lydie ? Mais non, Sam, c'est toi que je regarde ! Et je ne suis pas un merlan frit. Je skie mal, certes, mais je nage comme un squale…

Les autres éclatent de rire. Je conserve ma couverture sur la tête.

– Menteur ! menteur ! crient quelques voix

de garçons parmi lesquelles je ne distingue pas celle de Blex.

– Menteur, moi ? dis-je. Pas du tout. C'est Sam que je regarde, et d'ailleurs, je vais vous le prouver.

Rouge comme une écrevisse, mais avec un peu de chance, on croira que ma couleur vient de la chaleur de ma couveuse en laine, j'apparais. Souriant, car après tout, faire la tête serait grotesque, je regarde Sam. À son tour, elle éclate de rire. Marie-Clo, qui a quand même un bon fond, met une trêve à mon affaire en relançant le jeu. Elle demande à Antoine de poser une question. Il interroge un fantôme sur son addiction au chocolat, et le fantôme lui répond avec l'accent allemand. Et comme Gonçalo imite en permanence des accents étrangers, tout le monde le reconnaît aussitôt. Mais je sens qu'une partie de la classe continue à m'observer.

La soirée fantôme se transforme en boum. Timothée danse avec Lydie, puis part discuter avec Suzy. Quelques filles font des chorégraphies de danse moderne. Mes cousines Cléa et Zoé avaient ce défaut, elles aussi, quand elles ont commencé la danse classique. Elles passaient leur temps à pointer du pied au milieu du salon quand nous les invitions à la maison. Elles voulaient qu'on les regarde. Mon père les trouvait gracieuses comme des fers à repasser, alors qu'elles se sentaient divines, écartant les bras autour d'un tutu imaginaire. Pour se rendre du salon à ma chambre, elles se mouvaient, distraitement détachées de leurs pieds en canard. J'étais prié de constater que leur grâce avait tout de celle des danseuses étoile. Et entre deux pas de bourrée, elles me traitaient de bicolore.

Le même spectacle version moderne se déroule à présent sous mes yeux. Certaines que les garçons vont être renversés d'émoi, Ingrid, Jess, Sam, Lili, Marie et Tessa dansent en fermant les yeux et en agitant leurs cheveux, bras en l'air, corps tordus. Elles imitent des chanteuses de clips, des danseuses de jazz, peut-être. Ou des chimpanzés, je ne sais pas. Il y a quelques garçons que ça impressionne, mais moi, pas trop. «T'es rétro », dit maman. Elle a raison. Mon idéal de fille est plutôt assis au bord de la piste, espérant timidement que je l'invite à danser. Si cette fille est Lydie, alors je suis comblé.

Rapidement, nous formons deux groupes, celui des garçons et celui des filles. Chrysoline rejoint enfin les filles. Elle dessine une sorte de marelle de la pointe de son soulier et, sans croiser le regard de personne, tape dans ses mains. Je n'ai jamais vu quelqu'un s'agiter de la sorte. Notre danse entre garçons se finit en bataille, et les filles, méprisantes, dégagent la piste afin de nous laisser nous vautrer par terre. Mes béquilles nous servent de partenaires. Assis sur le sol, j'en fais danser une sur le bout de mon doigt. Les copains applaudissent ma maîtrise. Il faut dire que mes journées vides me laissent le temps de m'entraîner. Je vis le meilleur moment de mon séjour, j'ai l'impression de récupérer mes amis et surtout Blex. Il m'invite à dormir samedi prochain. Il précise que ses parents seront d'accord et que, pendant que les autres danseront chez Sam, nous regarderons un DVD sur la guerre de Cent Ans. Je viens de penser qu'à la boum de Sam il y aura sans doute Timothée. Et forcément Lydie. Et je ne serai pas là pour les surveiller.

– T'es blanc comme un cachet d'aspirine, me lance Blex.

Blanc ? Moi ?

# 10
## *Tous dans le même sac*

Je ne sais pas ce que j'ai dit, je ne sais pas ce que j'ai fait, mais Blex m'assure que Lydie et Sam se sont disputées à cause de moi. Elles ne s'adressent plus la parole. Hier soir, au réfectoire, elles ont refusé de manger. Lydie, voyant que Sam entamait une grève de la faim, l'a imitée. La prof principale s'est félicitée que le dernier jour de classe de neige approche et que chacun rentre chez soi le lendemain. Selon elle, nous devenons tous lourdingues. Cette habitude des adultes de nous mettre dans le même sac dès que l'un d'entre nous commet une bêtise est assommante. Je ne suis tout de même pas coupable d'avoir des cannes !

Dans le car, Lydie et Sam s'installent à sept rangs l'une de l'autre. Il paraît que j'ai humilié Lydie lors de la soirée fantôme, niant publiquement mes regards de merlan frit. Je l'ai vexée en lui préférant Sam.

– Mais pourquoi « vexée » ? Elle se fiche complètement de moi, dis-je à Blex.

– Elle s'en fiche si tu t'y intéresses. Mais quand tu déclares devant tout le monde que tu n'as rien à faire d'elle et que tu lui préfères sa meilleure amie, elle se vexe.

– Ah !

– Il paraît même que Sam a désinvité Lydie de sa boum, ajoute Blex.

– Pourquoi ?

– Parce qu'elles sont fâchées, abruti !

– Elle va peut-être t'inviter du coup…

– Ou toi ! me crie Blex. Je te signale que c'est toi qui as signalé devant tout le monde que tu la regardais !

Aïe ! Je perçois dans son ton un vif reproche. Ai-je commis une bourde ? Sur le coup, Blex ne s'est plaint de rien, je sens néanmoins que quelque chose le perturbe.

– Sam risque de tomber amoureuse de toi à présent qu'elle sait qu'elle te plaît ! Tu aurais pu y penser quand même ! Tu es mon copain ou pas ?

Blex n'a pas réagi au moment de la soirée fantôme, mais à présent je sais qu'il est furieux. Je dois le rassurer.

– Sam est à toi ! lui dis-je. Je te le promets. Je la trouve ultra-moche en plus !

Aïe ! C'est tout moi. Quand j'arrive sur un terrain glissant, je n'en finis pas de déraper. Blex a tôt fait de me répondre.

– Moche ? Sam, moche ? Et toi, tu es beau peut-être ? Considère que mon invitation à dormir samedi prochain tombe à l'eau !

Et Blex s'en va dans le fond du car, sous les cris de Valou qui nous a déjà demandé de rester assis et peste contre notre indiscipline, aussitôt relayée par la prof principale, par Marie-Clo et par Mitch. Tout seul du côté du couloir afin de pouvoir tendre ma jambe, j'espère qu'un miracle va se produire.

Tante Rude et sa connaissance des choses de l'amitié et de l'amour ne vont pas être de trop pour m'éclairer. Ce qui tombe très bien puisqu'elle doit m'attendre à l'arrivée du car. Maman m'a prévenu dans l'une de ses nombreuses dernières missives qu'elle ne viendrait pas me chercher elle-même, à cause de ses satanées béquilles. «Je t'envoie tante Rude, m'a-t-elle précisé, elle en rêve.» Ça en fait au moins une qui rêve de me voir ! Il faut savoir que tante Rude n'a pas d'enfant. Avec ses cadeaux nuls, on peut l'en féliciter, mais je me dis qu'un enfant s'attache à sa mère, même quand elle lui offre des pinces à linge. Et puis Rude en connaît un rayon sur cette vie qu'elle donnerait avec beaucoup de joie, nous confie-t-elle toujours quand elle vient à la maison. «Je lui ferais une chambre rose», déclare-t-elle, les yeux mi-clos, après un verre de trop, quand elle nous parle de l'enfant qu'elle n'a pas. « Et qu'elle n'aura jamais », complète maman, une fois que tante Rude est couchée.

Depuis mon départ en classe de neige, elle est rentrée de son pays sans fenêtres et s'occupe de maman. Ainsi, maman peut se brosser les dents avant le retour de papa, et tante Rude fait les courses et la distrait. Quand maman m'écrit, je sais qu'elle modère ses propos. Elle a toujours peur qu'on trouve ses lettres, un jour, et qu'on les lise. Alors elle ne peut pas m'écrire que la présence de tante Rude dans la maison est une horreur. Pourtant je le sais. Maman ne tient pas plus de deux heures en compagnie de sa sœur. Bavarde et volubile, tante Rude ne sait pas se faire discrète. Or maman aime avoir sa tranquillité pour travailler et respirer. Même moi, son petit garçon, je sens quand elle étouffe et je sais marcher à un mètre d'elle pour lui rendre son air.

Moi qui n'ai pas spécialement besoin d'air, j'en dispose de beaucoup dans ce car de retour. Je voudrais tellement en avoir un peu moins et que Blex revienne s'asseoir à côté de moi. J'ai peut-être été maladroit, mais pas au point de perdre mon copain. Pour le moment, il ne me reste que Marie-Clo. Elle déambule dans l'allée centrale et vient s'asseoir à côté de moi. Elle a envie de passer la fin du voyage avec son petit protégé…

Une chose est sûre. J'avais quelque a priori sur le ski avant de partir. Je reviens convaincu que la neige, le groupe, les dortoirs, les couvertures marron et les monitrices ne sont définitivement pas ma tasse de thé.

## 11
## *Elle s'habille en blanc parce qu'elle est bronzée*

– Tais-toi un peu, Quentin, elle ne l'a pas fait pour t'embêter. Je te dis qu'elle s'habille en blanc parce qu'elle est bronzée !

Je ne décolère pas. Je viens de rentrer à la maison et, déjà, maman m'inflige le silence. J'ai eu la honte de ma vie. Tante Rude m'attendait au pied du car, vêtue en blanc, alors qu'il pleuvait des cordes. Non contente d'être visible à huit cents mètres, elle portait un grand chapeau, mais pas un chapeau de pluie, plutôt un chapeau de soleil avec une espèce de voilette. Me voyant tarder à descendre à cause de mes béquilles, elle est montée dans le car pour m'aider. J'ai réussi à être gentil avec elle, mais je savais que je me vengerais ensuite sur maman. Mes amis, enfin s'il m'en reste, regardaient en ricanant tante Rude m'embrasser comme du bon pain. Elle m'appelait « mon chéri », « mon biquet », elle m'a même appelé « mon Quinquin », et j'espère que mon oreille gauche dans laquelle elle l'a glissé a été la seule à l'entendre. Ensuite, tout n'a été qu'un enchaînement ridicule. Rude a dérapé en descendant du car, éclaboussé sa longue tunique et son manteau en poil, riant aux éclats comme si elle rencontrait la pluie pour la première fois de sa vie. Le père de Blex, qui n'était pas au courant de notre amitié engloutie sous la neige, est venu m'embrasser, et tante Rude s'est exclamée qu'elle était si contente de le rencontrer. Elle n'avait pas dû remarquer qu'il pleuvait, alors elle bavardait, prenant son temps sans prêter attention aux gouttes. « Il est si bon de récupérer nos petits chéris ! » lui a-t-elle dit. Et le père de Blex a répondu : « Ouais. »

Sur le chemin du retour, Rude a tenu à ce que nous nous arrêtions dans une pâtisserie pour manger un bon gâteau. Maman a raison quand elle dit que tante Rude prend son rôle de tante très à cœur. Être venue me chercher au car est sans doute l'événement le plus émouvant de sa vie, à égalité avec le premier concert qu'elle donnera dans une vraie salle de spectacle. Mais je n'arrive pas pour autant à lui pardonner. Même dans la pâtisserie, nous nous sommes fait remarquer. Elle a levé le bras pour héler la serveuse, puis elle l'a appelée « ma chérie ».

– Ma chérie, apportez-nous vite un mont-blanc et un éclair au chocolat. Mon Quinquin a faim !

Un mont-blanc, je m'en serais bien passé, mais Rude voulait à tout prix me faire goûter la crème de marrons. Puis elle m'a posé mille questions sur mon accident, mes amis, ma copine, ma dernière rupture amoureuse. À un moment, j'ai cru qu'elle parlait à quelqu'un d'autre, parce qu'elle est ainsi tante Rude, elle s'emballe… De temps à autre, elle oublie que j'ai onze ans. Quand elle part dans la lune, elle peut carrément me parler de mon divorce ou de ma maison de retraite. Il y a une seule chose sur laquelle elle ne dit rien. Pépé… Je ne sais pas si elle est triste de ne jamais voir son père. Je n'ose pas poser de questions. Comme d'habitude.

Ensuite, Rude a couru dans la rue, rapide comme une autruche, afin d'attraper le bus. Ma valise à bout de bras, elle s'est soudain souvenue que je marchais avec des cannes, alors elle m'a fait signe de ne pas me presser et a demandé au chauffeur du bus de m'attendre.

Quand nous arrivons à la maison, maman me pose des tas de questions et tante Rude l'interrompt.

– Laisse-le reprendre ses marques, il vient de rentrer. Ne l'assomme pas avec tes questions !

Et maman lui lance un regard noir, avant de me suivre dans ma chambre. Là, j'explose. Je lui lance que je suis furieux que tante Rude soit venue déguisée.

– Mon frère est tordu, qu'est-ce que tu veux que je te dise ! explose maman. Papa est en voyage, je ne peux pas me déplacer, ni retirer à Rude le bonheur de venir te chercher. C'est sa joie depuis son arrivée ! L'idée de t'attendre au car le transporte.

Hum, hum ! J'ai accepté de faire le sourd quand j'avais onze ans à peine, mais là, il est peut-être temps de réagir.

– Tu peux m'expliquer pourquoi tu me parles de ton frère ? Depuis quand tu as un frère ?

– Oh, Quentin ! Tante Rude… Tu n'as pas remarqué qu'elle est un peu… biscornue ?

– Certes. Elle s'habille en blanc fluo quand il pleut des cordes grises…

– Exactement. Elle s'habille en blanc parce qu'elle est bronzée. Elle est coquette. Elle s'apprête toujours un peu, elle ne sort pas en négligé, elle se parfume avant de dormir, et comment te dire ? Au fond, elle se sent femme.

– Et en surface ?

– Tante Rude est un homme. Mais, depuis toujours, elle sent qu'elle est une femme. Donc elle se déguise. Mais pour toi, ça ne change rien, c'est ta tante et voilà… Moi, je me trompe un peu parfois. Je suis née avec un frère et j'ai dû m'habituer à fréquenter une sœur. C'est un peu particulier.

Je cherche des yeux quelque chose à quoi me raccrocher. Quatre cents draps de bain pour recouvrir ma gêne ? Où maman a-t-elle bien pu les ranger ? Sur mon lit je découvre une enveloppe légèrement enflée. Ariel m'a envoyé mon cadeau. J'ai perdu le concours, mais la marque, généreusement, m'offre un couteau à beurre comme lot de consolation.

## 12
## *J'ai un vieil adolescent en moi*

Homme ou femme, qu'importe, Rude est quelqu'un que j'aime. Il ou elle m'a offert un disque de ses chansons sans fenêtres. Je ne dis pas que je le ferai écouter aux amis que je n'ai plus, et maman me recommande de ne pas trop prêter l'oreille aux paroles, mais moi, j'apprécie sa douce voix. Alors je lui pardonne d'être venue me chercher, déguisée en mariée. Depuis que je sais la vérité, je prie pour ne pas être une fille à l'intérieur. D'autant qu'il va me falloir la force d'un grand homme pour affronter Blex. Sam m'a invité à sa boum.

– Puisque tu prétends me regarder, viens donc me regarder danser samedi !

Fidèle à mes habitudes, j'ai répondu merci.

En rentrant à la maison, j'explique mon problème à Rude. Il ou elle masse les épaules de maman qui se tortille comme un ver de terre pour qu'il ou elle la lâche. Mais Rude, vexée que sa sœur ne lui fasse pas confiance, s'entête. Je mets une trêve à leur querelle en alpaguant les deux.

– Écoutez-moi à la fin ! J'ai un problème !

Maman ouvre la bouche et les yeux, comme elle fait dès que quelque chose de grave me concerne.

– Tu t'es fait racketter ? me demande Rude. Tu as mal à la gorge ? Au ventre ? Tu es constipé ?

– Mais tais-toi un peu ! crie maman. Laisse-le parler enfin !

– Je l'aide !

– Eh bien, ne l'aide pas. Il est assez grand pour nous raconter ce qui ne va pas !

– Souviens-toi, dit Rude, quand Jason de Pimodan m'a volé ma tirelire ! Pièce après pièce, il me prenait mes économies. Chaque mercredi, chez nous, sous notre toit ! Et je n'osais pas l'avouer à papa et à maman. Jusqu'au jour où il a emporté mon petit cochon ! Maman a commencé à le chercher en me reprochant de l'avoir cassé sans le dire et… Tu te rappelles ?

– Silence ! Quentin veut parler ! Va prendre un bain et tais-toi ! crie maman.

– Je me tais. Soit, reprend tante Rude. Je suis transparente. Mais Quentin, je suis là pour toi si tu as besoin de mon aide. Je t'écoute. Je te comprends. Et je ne te laisserai jamais tomber. Jamais. Même si tu devenais un criminel.

Voyant la colère de maman lui brûler le visage, je manque de quitter le salon, mais le silence tombe. Maman dérougit lentement, et je me lance.

– C'est la catastrophe…

– Aïe ! coupe Rude.

– Chut ! hurle maman.

– Sam m'a invité à sa boum samedi, dis-je. Blex me fera la tête si j'accepte. Mais, depuis quelques jours, il me fait la tête de toute façon parce qu'il a peur que Sam soit amoureuse de moi et non de lui. Si je n'y vais pas, Lydie risque de danser avec Timothée. Si j'y vais, elle dansera aussi. Mais au moins, je serai là pour voir.

– Quentin est amoureux ! s'exclame Rude en tombant dans les bras de ma mère. Ma chérie, bravo ! Tu te rends compte, ce petit garçon qui, hier encore, complimentait le « tamion boubelle », les larmes aux yeux, ému par ses belles lumières…

Il faut d'abord calmer Rude, puis maman prend mon problème au sérieux, mais sur un ton qui ne me convient pas du tout.

– Pourquoi Blex n'est-il pas invité ? me demande-t-elle.

– Je ne sais pas… C'est quasiment le seul de la classe… Sam a même invité Chrysoline ! Je devais dormir chez lui samedi, mais il ne me parle plus depuis le retour de la classe de neige. Du coup, je suis libre si je veux aller à la boum.

– Minute, papillon ! Libre, c'est à voir. Tu dois d'abord demander à papa s'il est d'accord.

Là, je sens une personne en moi, qui n'est pas une fille, ouf ! mais un adolescent déjà vieux qui s'exprime à ma place, et je suis impertinent.

– Je suis invité à une boum à seize heures, pas à un hold-up de bijouterie. Je ne vais quand même pas vous demander la permission !

– Dis donc, Quentin ! crie maman.

– C'est drôlement joli, Chrysoline, comme prénom, dit tante Rude.

Soudain, un miracle se produit. Papa rentre. Il fonce vers moi. Jamais nous n'avons été séparés si longtemps.

– Mon petit plâtré ! s'exclame-t-il.

– Mon petit papa, je réponds.

J'ajoute un peu plus bas :

– Samedi, j'ai une boum.

Et papa exulte :

– Génial !

Je jette un coup d'œil vers maman, sans m'attarder non plus. Elle regarde papa, mais pas du tout comme une femme doit regarder son mari rentrant de voyage. Elle le regarde avec des mots coincés, des sous-titres, et moi qui arrive à lire dans maman, je sais qu'elle veut dire :

– Repars immédiatement ou je divorce.

# 13
## *Boum*

Maman m'a offert un T-shirt vert et rouge. « En souvenir de ma combinaison de ski », m'a-t-elle confié. Je n'ai pas eu le cœur de porter autre chose pour la boum. J'aurais eu trop de chagrin si je l'avais blessée.

Et me voilà, ridicule, en bas de chez Sam. Mon couteau à beurre dans la poche parce que j'ai vu dans un film des types avec des crans d'arrêt, mais que je n'ai pas le droit d'en avoir – mes parents étant très à cheval sur la sécurité –, j'attends. La porte cochère s'ouvre, et je me cache derrière la cage de l'ascenseur. Dès que l'ascenseur monte, je reprends ma place au pied de l'ascenseur et j'hésite encore. Monter signifie perdre Blex définitivement. Ne pas monter induit de perdre Lydie, au moins momentanément.

Je me regarde dans le miroir du hall d'entrée, où j'apparais encore une fois on ne peut plus blanc. La prochaine fois que mes cousines viendront à la maison, c'est-à-dire demain, je leur réserve un accueil à ma façon. Mais pour le moment, je dois me concentrer sur le problème. Blex habite tout près d'ici. Qui m'empêche, plutôt que d'aller à cette boum, de sonner chez lui ? Je téléphonerai à papa et maman, je leur dirai que j'ai changé d'avis, et ils ne me gronderont pas puisque je les préviendrai. Oui, mais…

J'entends la voix de Lydie, alors je me précipite derrière l'ascenseur. Ses parents l'accompagnent.

– D'accord, Lydie, on ne monte pas. Mais promets-nous de bien descendre à six heures afin qu'on puisse partir à la campagne ?

– Promis… Allez-y maintenant, c'est la honte si on vous voit !

Lydie reste dans le hall. Elle n'avance pas vers l'ascenseur. Je la devine, se recoiffant devant le miroir ou faisant trois tours à sa jupe pour la raccourcir. Elle appelle l'ascenseur. Mais elle ne monte pas dedans. Elle reste là, sans bouger. Je n'entends plus rien. La porte du hall d'entrée s'ouvre encore, et Lydie se précipite derrière la cage d'ascenseur. Nous nous retrouvons tous deux face à face. Elle pousse un cri. Je pourrais lui faire une blague en la menaçant avec mon couteau à beurre, mais je lui lance :

– Ah, salut !

– Qu'est-ce que tu fais là ? chuchote-t-elle.

– Je ramassais ma béquille. Je l'ai fait glisser en attendant l'ascenseur… Et toi ?

– Moi ? Rien.

– On y va ? lui dis-je.

– OK.

Nous sortons de notre cachette et tombons sur Karim, Colin, Adam et Rodéric. Ils nous regardent avec un drôle d'air, étonnés de nous voir jaillir de la pénombre. Arrivé à l'étage, je ne descends pas de l'ascenseur. Lydie me demande ce que je fabrique, et je lui réponds :

– Désolé, je ne peux pas abandonner Blex.

Les portes de l'ascenseur se referment. J'ai l'impression de recevoir un seau d'eau sur la tête. Mais un seau d'eau chaude. Une espèce de bénédiction. Je sais que j'ai raison d'agir de la sorte. Si j'avais le courage, j'appuierais sur le bouton d'appel d'urgence des ascenseurs Otis et je dirais à celui qui décrocherait :

– Je suis un type bien.

# 14
## *Badaboum*

Je glisse ma béquille dans l'embrasure de la porte de Blex afin qu'il ne la claque pas sur moi. Ce couteau à beurre me donne décidément une fière assurance ! Je connais Blex. Il ne peut pas s'empêcher de me faire une petite crise, mais au fond il sait que je ne pensais pas à mal. J'ai seulement voulu me défendre devant toute une classe prête à se moquer de moi si j'avouais mon amour pour Lydie. Il me suffit de le lui expliquer tel quel pour que mon copain ouvre sa porte en grand et me propose des chips et un bon DVD.

Sur l'écran, la guerre de Cent Ans bat son plein, mais nous ne sommes pas très concentrés. Je pense à Lydie que j'ai laissée filer seule à la boum. Et Blex songe sûrement à Sam. De temps à autre, nous ricanons en imitant les filles dansant comme des guenons. Je me pose tout de même une question. Comment se fait-il que Sam ait finalement invité Lydie ? À ce sujet, Blex élabore plusieurs théories. J'en retiens une. Ces deux-là sont tellement amies que rien ne peut vraiment les séparer. Elles se sont sûrement rabibochées aussi vite qu'elles s'étaient fâchées.

La mère de Blex est louche tant elle est belle. Je me sens toujours un peu rose quand je la vois, parce que je ne comprends pas comment une mère peut être aussi ravissante. Par ailleurs, elle s'habille différemment des autres mères. Même le dimanche, elle porte des tenues chics avec un rouge à lèvres assorti au foulard qu'elle noue dans ses cheveux. Elle sent le muguet. Sa voix est très douce, très profonde. Je me dis que si j'étais vieux et que Lydie n'existait pas, je serais amoureux d'elle. En plus, elle s'appelle Aimée. Le père de Blex est différent. Il n'est pas du genre à assortir quoi que ce soit à sa ceinture. Enfin si : son air de cow-boy. « C'est un peu l'homme des cavernes », dit maman. Elle ajoute même que le mari d'Aimée lui va « comme un tablier à une vache ». Maman trouve que cet homme rustre et lourdaud ne mérite pas une belle femme comme elle. La fois où ils sont venus dîner à la maison, maman a été choquée de voir qu'il remplissait son verre de vin à ras bord. Mais moi, je suis de l'avis de papa. Nous ne vivons pas sous leur toit et, s'ils s'aiment, tant mieux pour eux. En outre, les belles filles tombent fréquemment amoureuses de gars moches. C'est ma chance et aussi la raison pour laquelle je ne désespère pas de me marier un jour avec Lydie.

Quand Aimée vient nous apporter le téléphone, elle traverse le salon comme une hôtesse de l'air. Elle tend le combiné à Blex. C'est Sam qui appelle pour nous inviter à les rejoindre. Elle a deviné que je suis là, avec lui, et nous propose de venir vite chez elle, tous les deux. Blex raccroche en lui disant qu'on va réfléchir. Il ressemble davantage à son père qu'à sa mère dans sa façon de parler aux gens. Il a tendance à aboyer.

Nous aurions besoin de Rude pour nous donner un avis. Blex doit-il vraiment accepter cette invitation un peu réchauffée ? Je n'ose pas rappeler à la maison de peur que mes parents s'énervent. Ils n'aiment pas que mon emploi du temps change.

La mère de Blex, qui a compris le problème, nous incite à y aller, mais Blex et moi n'aimons pas l'idée d'arriver les derniers et d'avoir l'air des deux imbéciles que Sam a invités, contrainte et forcée. Forcée ? Mais par qui ? Par Lydie, bien sûr, qui meurt d'envie que je vienne. C'est évident, même si je le garde pour moi. Et j'insiste, soutenue par Aimée, pour y aller.

Quand Sam nous ouvre, elle explique à Blex qu'elle a tout simplement oublié de l'inviter et qu'elle ne l'a pas fait exprès. Apprenant cela, il retombe aussitôt fou amoureux d'elle et lui sourit bêtement. Je ne vais pas donner mon avis ; néanmoins, je trouve qu'il devrait avoir l'air moins énamouré. Les filles n'aiment pas les ravis de la crèche. Et il y a à peine dix minutes, il lui aboyait dessus au téléphone. Elle ne va rien comprendre à ses sautes d'humeur ! Il l'invite à danser pendant que je regarde Timothée faire des passes acrobatiques avec Lydie qui, comme d'habitude, rit à gorge déployée. Je vais finir par lui trouver un rire de bécasse. Franchement, rire un peu, soit. Mais sans arrêt… Si je n'avais pas de béquille, je l'inviterais sans doute à danser, moi aussi, mais passer après Timothée est, quoi qu'il arrive, ridicule.

J'aime encore mieux partager le canapé avec Chrysoline, concentrée sur ses lacets de chaussures et battant le rythme d'un discret hochement de tête. Elle me fait penser à papa quand il est gêné. Je l'ai surpris, un jour, avec des collègues de travail de maman. Ils étaient plus modernes que lui, et papa a voulu avoir l'air détendu. Or je voyais bien qu'il n'était pas naturel. Nous étions à un arbre de Noël organisé pour les familles. Maman, qui est plutôt du genre de papa, c'est-à-dire assez coincée, une fois lâchée avec ses copains du bureau était toute différente. Elle bougeait plus que d'ordinaire, elle riait tout le temps et reprenait les blagues des autres. Papa avait figé un sourire sur ses lèvres et, quand la musique a commencé, il a fait comme Chrysoline avec sa main sur la cuisse. Il a battu le rythme, ou presque, parce que papa et le rythme, ça fait deux. Je me souviens lui avoir pris la main pour stopper sa gêne.

Je n'ai aucune envie d'attraper celle de Chrysoline, mais je sais ce qu'elle a au fond du cœur. Elle porte pour la première fois de sa vie des souliers sans brides. Elle n'a pas eu droit aux vraies ballerines, alors elle hésite à se réjouir de ses lacets. Elle voit bien que les autres filles comme Sam ou Lydie ont des ballerines. Jess porte même des bottines.

Ce voyage autour des pieds de Chrysoline me fait un bien fou. Il m'éloigne de ceux de Lydie qui dansent la farandole entre ceux de Timothée. Par chance, Tessa et Marie leur tournent sans cesse autour, et ce qui pourrait ressembler à une danse d'amoureux se rapproche davantage d'une ronde.

Mes béquilles ne m'empêchent pas d'aller faire un tour du côté du goûter. Chrysoline me regarde me déplacer avec envie. Cependant, je crois qu'elle n'osera jamais quitter le canapé. Je pourrais être gentil, lui rapporter un morceau de gâteau, mais si je suis gentil avec Chrysoline, les autres risquent de se moquer de moi. Blex me rejoint. Il est tellement content d'être là qu'il est tout rouge.

– Je crève de chaud ! me lance-t-il en descendant deux verres de jus de fruits.

Rodéric arrive peu après. Lydie vient de lui raconter qu'elle m'a trouvé derrière l'ascenseur, en entrant dans l'immeuble. Elle a menti, expliquant qu'elle avait fait tomber quelque chose et qu'en le ramassant elle m'avait découvert caché dans ce recoin et bleu de panique à l'idée de monter. Rodéric, ravi de me le répéter, me demande :

– Et donc, tu avais peur ?

La peur, monsieur, répond ma voix intérieure, est le sentiment que tu ressentiras le jour où je serai président de la République et où j'abolirai les prénoms en « ic ». Tu t'appelleras Roder. On prononcera Rodère. Et ce sera moche !

## 15
## *Une famille de zèbres*

Après avoir connu la boum de Sam, franchement, je peux tout vivre. Même la pire des tortures, c'est-à-dire la venue de Cléa et de Zoé à la maison, aujourd'hui, parce que c'est dimanche et que papa et maman ont décidé de faire un repas de famille. Ils développent de temps à autre ce type de lubie. Ils rêvent d'une famille nombreuse, mais comme ils n'ont pas envie de me fabriquer des petits frères et des petites sœurs parce qu'on manque de place, ils s'arrangent pour inviter un peu de monde à la maison. Nous hébergeons toujours tante Rude, du côté de maman, et nous recevons le frère de papa, mon oncle Bernard, avec sa femme Franka. Je ne suis pas certain de l'harmonie entre les deux parties, mais, quoi qu'il en soit, ce n'est pas mon problème. Il me revient juste celui de m'occuper de mes cousines. Et je les attends de pied ferme, elles et leurs tutus imaginaires de danseuses ratées. Je ne suis pas bicolore et je compte leur montrer que leurs balivernes me laissent désormais de marbre.

Le marbre, je connais. Quand Rodéric a insisté pour que j'avoue ma peur de monter à la boum, je ne me suis pas dégonflé.

– De quoi veux-tu que j'aie peur ?

Rodéric qui est tout de même un ami m'a énuméré toutes les peurs qu'il m'accusait d'avoir. Peur d'avoir l'air idiot en dansant mal avec mes béquilles, peur des filles, peur de ne pas savoir comment me tenir, peur des spots, peur du monstre des toilettes et peur de Timothée !

Au loin, Lydie ricanait avec ses copines, me regardant en biais. J'ai haussé les épaules, j'ai découpé une tranche de gâteau et je l'ai apportée à Chrysoline. Rodéric a éclaté de rire, et quand Chrysoline a levé les yeux vers moi pour me remercier, j'ai trouvé qu'elle était bien jolie. Je me suis assis à côté d'elle et j'ai boudé tous les autres. Même Blex qui était passé du rouge au violet à force de sauter partout. Chrysoline ne m'a pas adressé la parole, mais elle a mangé le gâteau sans parvenir à diriger ses yeux ailleurs que vers ses lacets. J'étais content d'avoir marqué ma différence de cette façon-là, en faisant équipe avec une fille rejetée pour la forme de ses chaussures. Les enfants sont bêtes, les enfants sont méchants. Quand je serai grand, j'abolirai les enfants.

Les adultes ne sont pas des gens très bien, non plus. Tante Rude a encore mis sa robe de mariée. Elle me fait de la peine à s'apprêter ainsi en toutes circonstances. Elle a besoin qu'on la remarque. Il faut reconnaître que, dans le salon gris, elle met de la lumière avec ses volants blancs. Rude n'a jamais revu mon oncle Bernard depuis le mariage de mes parents. Si j'ai bien compris, la bizarrerie de Rude est trop bizarre pour Bernard. Quant à Franka, elle a beau faire semblant d'être originale en riant fort et en trouvant des surnoms à tout le monde, elle est très coincée intérieurement. Savoir que tante Rude pourrait être rejetée ou moquée à cause de son originalité me peine. Et je prends la résolution de la défendre si quelqu'un, aujourd'hui, ose lui dire quelque chose. J'ai toujours aimé les êtres en marge, les soumis, les pauvres et les vieux. Plus tard, je veux un métier en rapport avec eux. Si je suis président, je donnerai la priorité aux vieux, et la priorité absolue aux vieux soumis et pauvres. Je m'arrangerai pour agir de même avec les hommes qui ont des femmes à l'intérieur, et l'inverse si cela existe, bien que je n'en aie encore jamais rencontré. À ce moment-là, Rude sera âgée, n'aura sans doute pas fait l'Olympia et entrera donc parfaitement dans mon programme. Elle sera l'égérie de ma campagne présidentielle : vieille, pauvre, en marge. Je serai un adulte bon et juste. S'il ne revient pas aux adultes d'être tolérants, qui va l'apprendre aux enfants ?

Je regarde faire les adultes mais je surveille les cousines. Bernard et Franka restent bien concentrés sur maman. Cléa et Zoé, elles, dévorent Rude des yeux avec beaucoup trop d'insistance à mon goût. Je les invite à gagner ma chambre, ce qu'elles font, à petits pas de bourrée ridicules. Nous croisons maman dans le couloir. Elle s'évertue à se débrouiller seule, sans demander d'aide à papa, et sautille donc avec un plateau de verres. Heureusement, tante Rude vient lui porter main-forte en poussant des cris.

– Mais ma chérie, ne porte pas ce plateau avec tes cannes. Enfin, laisse-nous t'aider !

Cléa et Zoé éclatent de rire. Je les regarde avec, dans l'œil, la lame du couteau à beurre que je tiens dans ma poche.

– Quoi ? Tu as mal à la jambe ? me demande Zoé.

– Tu le gardes encore combien de temps, ton plâtre ? ajoute Cléa.

– Tu me prêtes tes béquilles ? demande Zoé.

– Oh, oui ! jappe Cléa. Prête-nous tes béquilles !

Le garçon qui est en moi prend immédiatement le dessus.

– Ce n'est pas bientôt fini, ces questions ? Contentez-vous de vous taire ! je m'exclame.

La danse de Cléa et de Zoé est soudain moins fière. Elles me racontent qu'elles vont bientôt faire un spectacle et qu'elles nous inviteront, papa, maman et moi.

– Mais pas Rude… s'écrie Cléa.

Et Zoé se met à ricaner.

Mon sang ne fait qu'un tour, il n'est pas question que je la laisse raconter n'importe quoi. Je serre les dents.

– Quoi ? me dit Zoé. Elle est trop voyante, ta tante ! Elle va arriver en blanc, alors que c'est nous, les petits rats, qui serons en blanc !

– On dirait une mariée, renchérit Cléa. Elle s'habille comme ça tous les jours ?

– Et ce chapeau ? Elle le porte pour sortir ?

– Elle s'habille en blanc parce qu'elle est bronzée ! j'explose. Et vous n'êtes pas des petits rats, vous êtes des rats !

– Pourquoi tu t'énerves ? me répondent les

deux filles en chœur. Toi aussi tu es bronzé, mais tu t'habilles en bleu !

Il paraît qu'avant de mourir les gens voient leur vie défiler sous leurs yeux. Je ne sais pas si je suis en train de mourir, mais, en tout cas, une partie de mon film me revient… J'ai quatre ans. Zoé et Cléa m'ont placé devant le miroir de la salle de bains et me démontrent que mon visage est noir. Je m'oppose, je leur assure que mes joues sont aussi blanches que mon cou, qu'elles ne peuvent pas me dire le contraire, je ne suis pas aveugle, mais elles me répondent que mes parents ont trafiqué les miroirs afin que je n'apprenne jamais leur secret. À six ans, j'apprends enfin leur secret. Cléa et Zoé m'annoncent mon adoption. Mes parents sont allés me chercher en Afrique, le pays des zèbres. Je leur réponds que l'Afrique n'est pas un pays, mais un continent. Je sens qu'elles peinent à m'attribuer un pays précis, mais je n'ai pas encore de couteau à beurre pour me défendre, alors j'encaisse. J'ai sept ans, et mes parents fêtent mon anniversaire en famille. Cléa et Zoé m'offrent une carte postale figurant un couple de zèbres en m'expliquant :

– Voici tes vrais parents.

Je ne leur réponds rien, car je les crains encore. Mais bientôt j'ai huit ans, et ma peur de Cléa et de Zoé s'estompe peu à peu. Elles m'ont convié à leur anniversaire, et deux de leurs amies ricanent avec elles. Je sais que c'est à mon sujet, je n'ose pas néanmoins demander davantage de précisions. Une cinquième peste se charge de m'avouer que j'ai l'air flou à cause de mes rayures. Je lui réponds que je n'ai pas de rayures, mais une bicoloration tête-corps et je cours au salon retrouver mes parents qui me snobent, comme à leur habitude, dès que je suis censé appartenir à un groupe d'enfants et les laisser en paix entre adultes. L'année de mes neuf ans, je parviens à les voir beaucoup moins, décourageant papa et maman dès qu'ils lancent l'idée d'inviter mes cousines à déjeuner. Par chance, Franka change de métier. Elle travaille maintenant dans la presse, et maman, qui la trouvait déjà un peu ramenarde, la juge désormais infréquentable. Elle se plaint auprès de papa d'être minimisée par Franka. Hélas ! l'année de mes dix ans est aussi l'année des quarante ans de Bernard, et mes parents décident d'organiser une soirée anniversaire de réconciliation. Cléa et Zoé nous concoctent un petit spectacle de danse ridicule, espérant qu'on les complimentera sur leur grâce et leurs chignons, mais les adultes s'en désintéressent et les enfants, encore plus. D'autant qu'il n'y a que moi. Le film prend donc fin aujourd'hui.

– Je suis aussi bicolore que vous êtes gracieuses ! leur dis-je à bout de nerfs. Et si Rude ne vous plaît pas, vous n'avez qu'à rentrer chez vous !

– Et ton concours Ariel ? me demande Zoé.

– J'ai gagné vingt-huit voyages à Bora Bora, je réponds.

Avant d'ajouter, car je n'aime pas mentir :

– Plus un couteau à beurre.

## 16
## *Ma mère en bandoulière*

Ma prière a été exaucée. Maman ne m'a acheté ni maillot rouge et vert en souvenir de ma combinaison de ski, ni T-shirt vert et rouge en mémoire de la boum de Sam. Le deuxième trimestre étant consacré à la piscine, je vais pouvoir arborer un maillot passe-partout, bicolore, certes, mais bleu et noir.

On vient de me retirer mon plâtre, et maman n'a plus le sien non plus. Elle émet l'idée d'inviter du monde pour célébrer la fin de nos handicaps, mais je lui demande de le fêter plutôt entre nous. Ou bien d'inviter pépé... Cependant, elle ne répond rien. Elle change bien vite de sujet. Franka l'énerve. Elle s'est mise au régime et refuse d'avaler tout ce qui n'est pas à base de lin. Maman admet qu'une fête entre nous sera donc bien plus réussie, d'autant que Rude nous quitte sous peu pour regagner son Brésil sans fenêtres.

– C'est trop nul que tu repartes ! dis-je à Rude.

– Toutes les bonnes choses ont une fin, mon Quinquin… Nos retrouvailles n'en seront que meilleures la prochaine fois que je viendrai !

– J'ai trop la tristesse…

Maman interrompt ma déclaration d'affection, me demandant de ne pas reprendre ces expressions toutes faites, comme « trop nul », « trop moche » ou « trop pas ».

– Garde ton style et n'adopte pas un genre qui n'est pas le tien, me précise-t-elle.

Je ne supporte pas que maman me fasse des reproches, surtout sur mon manque de personnalité. J'essaie une nouvelle expression et je suis fier de m'y risquer, car il s'avère compliqué pour un enfant de rapporter à la maison ce qu'il apprend à l'école. À chaque fois, il peut être sûr d'avoir droit à des petits commentaires, le pire étant : « Et tu l'as embrassée ? » dès qu'un garçon avoue qu'une fille est sympa. Et là, les parents, si possible attablés avec des copains, remettent le sujet sur le tapis, devant tout le monde. Pas un pour racheter l'autre... Tous sourient à l'enfant bêtement et sans délicatesse, guettant une confidence. Berk !

De l'originalité, maman en a aussi peu qu'un plombier en bleu de travail, alors il ne lui revient pas de me juger. Mais comme je suis gentil, je n'arrive pas à lui répondre qu'elle-même s'inspire des autres pour se trouver un style. Pas plus tard qu'hier, je l'ai vu imiter Franka en se peignant les ongles. Le vernis à ongles bleu sur les mains de maman partant au bureau est à peu près aussi naturel que des tongs sur les pieds de papa qui ne quitte ses chaussures à lacets que pour prendre un bain, même l'été. Maman s'est aussi mise à porter son sac en bandoulière, et cela remonte à l'époque où elle s'était entichée d'une stagiaire de son bureau. Plus jeune qu'elle, la petite Liu avait beaucoup d'idées sur la mode, et maman en avait fait son modèle. Maman nous a fait croire que le portage en bandoulière était meilleur pour son dos, mais moi, je suis d'accord avec Rude, elle se cherche un style. D'ailleurs, la bandoulière ne fonctionne pas du tout avec la forme de son sac. Maman a un sac de vieille mémé. Je m'étais d'ailleurs promis de lui en offrir un plus moderne si je gagne le concours Cordon bleu, mais, vu comme elle est méchante, je garderai mes cent huit bananes pour moi. En plus, avec la chance que j'ai en ce moment, je vais à coup sûr gagner les deux cent quarante puzzles des États-Unis d'Amérique, et je déteste les puzzles. Ils me rappellent les après-midi chez Zoé et Cléa qui, avant que j'asseye mon autorité, me forçaient à assembler deux mille pièces formant une danseuse à la tête de fouine, assise sur un carrelage blanc. Et rassembler un puzzle avec tutu blanc, carrelage blanc et fond de mur blanc n'est pas tâche facile.

Rude est déçue de partir avant d'avoir pu aller me chercher à la piscine. Elle se repasse sans cesse le film d'elle-même, m'attendant devant l'entrée du complexe sportif, ou bien non, carrément dans le hall, maquillée en turquoise pour bien contraster sur le fond de carrelage blanc. Elle rêve d'ébouriffer mes cheveux encore humides et de souffler dessus pour accélérer leur séchage. Elle envisage aussi que quelques copains m'envient la présence d'une tante aussi sympa qu'elle et lui sautent au cou. Elle voudrait qu'une horde d'enfants lui adresse des mots gentils, et elle aimerait rire avec eux, traîner, prendre son temps. Elle a envie de dire des phrases comme : « Allez, joyeuse troupe, en route ! » ou de consoler un chagrin, soigner un genou.

Mon bon fond m'empêche de lui dire que, pour ma part, je préfère qu'elle ne vienne pas me chercher à la piscine. Même si son séjour chez nous la fait débronzer, elle n'en est pas encore au stade de s'habiller en noir. Et je n'ai pas envie qu'on se moque de moi, d'autant que j'ai assez de problèmes à surmonter actuellement dont un, majeur.

Durant la classe de neige, je me souviens

avoir déclaré à mes camarades que je nageais comme un squale. Or je nage comme un pied. Pied, squale, je n'ai même pas l'excuse de deux sonorités rapprochées. Si j'ai l'air d'un débile à skis et d'un malade mental avec mes dessins, je peux passer pour un nul en piscine. Mais est-ce que cette addition n'est pas un peu salée ? En d'autres termes, suis-je obligé de me faire remarquer positivement et exclusivement avec mes vingt sur vingt en histoire-géographie et mes dix-neuf en physique ?

Si on m'avait dit plus tôt que je serais ce préadolescent excellent au collège, je crois que j'aurais choisi dès l'enfance d'être un cancre. Au CP, j'ai hésité. Quand Mme Sylvestre nous apprenait à lire des phrases comme : « Hubert a des suées quand il est stressé », j'ai pensé qu'il vaudrait mieux ne jamais savoir lire. Quand elle nous a appris à écrire : « Coccyx descend la montagne chevelue qui sent le fromage », maman a pris rendez-vous avec elle pour vérifier si elle était saine d'esprit. Déçue de constater que

Mme Sylvestre l'était, mais qu'elle assemblait du mieux qu'elle pouvait les mots au programme, maman m'a aidé à travailler le soir. En l'espace de deux semaines, je suis devenu à jamais premier de la classe. J'ai essayé d'être dernier en CE2 afin d'être ami avec Igor. Mais je m'en suis tiré avec la moyenne, et cela ne m'a valu qu'un rendez-vous avec la maîtresse qui ne comprenait vraiment pas pourquoi j'avais remplacé tous mes E par des A. Voyant que je n'étais pas du genre à faire des farces ou à me moquer d'elle, elle a enquêté davantage, fouillant ma pensée jusqu'à ce que je lui avoue qu'en devenant aussi nul qu'Igor j'espérais m'en faire un copain. Elle m'a conseillé de choisir une autre méthode, par exemple celle d'aider Igor à devenir le deuxième de la classe. Sur le moment, j'ai trouvé son idée intéressante et j'ai proposé mes services à Igor. Il m'a immédiatement transformé en sbire et ordonné de lui prêter mes devoirs afin de lui éviter de les faire. J'ai mis quelques semaines à me rendre compte que l'amitié pouvait s'avérer décevante. Il me demandait même d'illustrer ses cahiers de poésie. Et quand l'appréciation de la maîtresse était négative parce qu'elle jugeait ses gros pâtés avec dédain, il me piquait mon goûter en représailles.

Je sais qu'aux yeux de mes camarades aucun vingt sur vingt de moyenne ne compensera une nouille dans une piscine. « Le ridicule ne tue pas », dit maman. Certes. Elle en connaît un rayon, avec ses ongles bleus. Mais je préfère croire papa qui complète : « Il ne tue pas, mais il n'aide pas. »

Je finis par confier mon souci à Rude. Elle me prend dans ses bras et murmure :

– Mon Quinquin, quand tu as de la peine, quand tu as peur, quand tu crois ne pas être à la hauteur, pense à la guerre dans le monde. Pense aux gens qui ont faim. Pense à tous ceux qui souffrent et dis-toi que tu as beaucoup, beaucoup, beaucoup de chance d'être le plus beau et le plus gentil garçon de la Terre.

Décidément, je suis content pour l'enfant qu'elle n'a pas.

## 17
## *Le squale*

La piscine est coupée en deux. À gauche, les trois lignes réservées aux nuls. À droite, les quatre réservées aux forts. Tout le monde est rassemblé au milieu, hésitant entre un bassin et l'autre, à l'exception de trois élèves. Blex, qui sait qu'il est fort et a déjà choisi son bassin. Chrysoline et moi qui rencontrons tous deux un petit problème avec le bracelet de nos casiers de vestiaire. Nous nous aidons mutuellement à nous les accrocher autour du poignet, et lorsque nous y parvenons, nous recommençons, afin de nous assurer que nous les avons bien accrochés. Nous espérons nous faire oublier de tous, mais, hélas, la mémoire du maître-nageur est plus forte que notre capacité de transparence. Il nous demande de nous mettre rapidement en rang avec les autres. Nous nous rangeons, penauds, du côté des nuls.

Les forts ne nous regardent pas, ils écoutent le maître-nageur leur expliquer la règle du jeu. J'en veux à mes parents de ne pas m'avoir mieux entraîné. Blex nage très bien grâce à ses séjours à Montalivet. Comment pourrais-je, moi qui ne vais qu'à l'étang de Berre, nager correctement? Je n'ai jamais le droit de dépasser le niveau où j'ai pied. Plus loin, maman a peur que je me coupe sur une carcasse de voiture et que j'attrape le tétanos.

Blex m'énerve quand on est avec les autres. Il n'est pas pareil. Trop content de savoir nager le papillon, il n'arrête pas de vérifier si Sam l'admire. Hélas! c'est moi qu'elle regarde. Le moniteur tient à nous évaluer un à un. Il me demande de nager le plus vite possible jusqu'à la bouée. Grâce à ma brasse indienne, qui a fait ses preuves jusque-là, et, en tout cas, m'a amplement suffi pour jouer dans l'étang, je traverse la piscine. Sam crie:

– C'est ce que tu appelles nager comme un squale !

Lydie éclate de rire. Elle s'est rangée du côté des forts et, les pieds au bord du plongeoir, elle est aux premières loges pour regarder l'Indien qu'elle n'aimera jamais barboter sans mollir. Je compte rallier mon point d'arrivée et ne pas couler avant. Je prendrais pour une petite victoire de m'en sortir sans brassard !

Par chance, au même moment, un moniteur demande à Lydie de plonger afin de l'évaluer, et elle saute, droite comme une allumette. Arrivé à ma bouée de destination, je me cramponne pour la regarder. Lydie ne sait pas plonger !

Par ailleurs, si elle nage très bien la brasse, elle ne nage pas le crawl. Alors le maître-nageur l'autorise à rester chez les forts, mais lui signale qu'elle va avoir beaucoup de travail à fournir pour se mettre au niveau du groupe. Renfrognée, Lydie regagne le bord de la piscine et entame avec Sam une imitation du maître-nageur roulant des biceps. J'en profite pour sortir du bassin, tout fier de ne pas emprunter l'échelle et de me hisser par les bras. Mais personne ne me regarde. Chrysoline est verte. C'est son tour d'être évaluée. Au moment d'entrer dans l'eau, elle grelotte. La pauvre avance vers la bouée en nage de chien, et toute la classe rit.

– Tends les bras ! hurle le moniteur.

Cependant, Chrysoline préfère se laisser couler. Blex saute pour la sauver, mais le moniteur le double et sort Chrysoline de l'eau.

Lydie est hilare. Sam, un peu moins méchante, propose sa serviette à Chrysoline. Je suis content qu'il y ait plus nul que moi dans la classe, mais déçu de me rendre compte qu'une autre de mes illusions est en train de tomber. Lydie ne sera jamais la femme de ma vie. Je ne l'aime plus. Et cette constatation m'apparaît claire et nette, comme ses pieds sur le carrelage bleu. Je les trouve ridicules, les pieds de Lydie. Son gros orteil est revêche, il rebique. Lydie est pleine de défauts, à commencer par son mauvais regard sur les autres. Même quand elle observe Timothée sauter dans l'eau et nager moins bien que Blex, elle n'a pas l'œil doux. Tous les cadeaux que je lui ai mis de côté dans ma tête pour plus tard sont en train de se rassembler loin d'elle. Je vais les placer dans mon petit garde-meubles mental et voir à qui je les offre désormais. Je suis déçu. Étonné, mais déçu. Mascara, le doberman, va bien garder la porte et n'ouvrir à personne.

Le maître-nageur tient à ce que les nuls perfectionnent leur brasse. Il nous installe une planche entre les mains et nous montre comment faire la grenouille avec les jambes. Sam, encore une fois, s'en donne à cœur joie.

– Ça va, le squale ? T'as perdu une nageoire ?

– Tu n'as vraiment aucun humour, lui dis-je.

– Je te signale que je t'ai invité à ma boum ! me répond-elle. Tu pourrais être gentil !

Là, peut-être que j'aurai un peu honte de mon manque de repartie par la suite, mais je lui réponds cette chose assez nulle, ce refrain syllabique qui me sauve de temps à autre du silence :

– Nianiania.

Et d'un coup de patte arrière je lui éclabousse la figure. Je suis en train de nettoyer mon enfance. Je me rends compte que je suis entouré de faux amis. Elle aussi s'avère être une sale peste. Je vais aider Blex à s'en apercevoir. En tout cas, ce n'est pas une fille comme celle-là qui aura accès à mon garde-meubles. J'en trouverai une gentille et belle quand même.

D'après le cousin de Blex, les filles belles sont méchantes. Il a seize ans et il ne tombe amoureux que de boudins qu'il a la fierté de quitter. Les filles belles s'en vont. Les moches restent. Les filles belles réclament. Les moches se satisfont de peu. En fait, il n'y a au monde qu'une seule femme belle et gentille. Je crois bien que c'est maman.

Elle m'attend à la sortie de la piscine. Elle ne donne pas de coup de klaxon en m'apercevant. Elle m'a apporté un goûter. Mais elle ne le sort qu'après avoir démarré. Elle sait toujours comment ne pas me gêner. Discrète, elle me récupère et me recoud en silence. On dirait qu'elle devine quand quelque chose s'est passé. Elle ne pose pas de questions, elle m'emmène en voyage hors de mon problème et elle parvient toujours à me détendre.

– Je nage comme un pied, lui fais-je.

– Mon pauvre chéri... Ce n'est pas à l'étang que tu peux t'entraîner ! Tu as eu une mauvaise note, une mauvaise évaluation ?

– Non. Sam s'est moquée de moi. En classe de neige, j'avais dit que je nageais comme un squale !

Alors maman éclate de rire. Elle pourrait, par exemple, me faire la morale, en profiter pour me démontrer que j'ai menti et que je suis puni. Mais non, maman n'est pas comme ça. Si elle n'était pas ma mère, je lui donnerais accès à mon petit garde-meubles et je lui offrirais, pile maintenant, une cascade de cadeaux.

## 18
## *Couleur problème*

Aimée est d'accord pour que Blex vienne passer des vacances à l'étang de Berre. Ils en profiteront, elle et son mari, pour partir en amoureux en Italie. Ils ne peuvent jamais être en amoureux quand Blex est là, parce qu'il ne supporte pas que ses parents se tiennent la main. Aimée raconte à maman qu'ils se tiennent la main toute la nuit pour compenser le jour. Il paraît que Blex s'assied toujours entre ses parents sur le canapé du salon, car la main de son père sur la cuisse de sa mère lui donne des rougeurs. Et quand son père s'avise de complimenter sa mère, il pique une rage. Aimée est donc très contente de se débarrasser un peu de lui et de pouvoir traîner au clair de lune avec son mari, qui pense de plus en plus à mettre Blex en pension dans un avenir proche s'il continue à les coller.

Maman dit qu'il faudrait la payer cher, elle, pour faire un voyage avec un ours mal léché comme le père de Blex, et papa lui répond qu'elle n'a pas besoin d'y penser puisque c'est avec lui qu'elle est mariée. Mais maman aime bien imaginer des situations, qui ne lui conviennent pas du tout, et les passer dans sa tête jusqu'à ce que papa se lasse et lui fasse comprendre qu'elle devrait changer de sujet. «Je suis certaine qu'il ne sait pas contempler un clair de lune», nous dit-elle, rêveuse, interrogeant papa du regard, espérant voir une étoile filante traverser le salon. Je crois. Je n'en suis pas sûr. Je pense néanmoins que maman est plus romantique que papa et qu'elle se heurte quelquefois à un mur. Elle se promène dans sa tête, mais toute seule.

Je suis comme elle. J'aime bien imaginer qu'il y a la guerre, par exemple, et que nous sommes obligés, papa, maman et moi, de vivre dans le grand placard de l'entrée. J'imagine toutes sortes de travaux à faire à l'intérieur pour le rendre habitable, pour trois personnes de surcroît. Je pense aux denrées, au couchage, à l'espace de détente. Et je rejoins souvent cette petite pièce de pays en guerre dans laquelle mes parents et moi sommes contraints de passer des semaines. J'invente un corridor intelligent qui relie la cuisine au placard. Finalement, ma tête me sert de refuge, bien mieux que mes amis en qui je n'ai plus confiance.

Quand j'avais dix ans, j'étais fier d'avoir des copains. Et même ceux qui n'étaient pas mes copains, j'aimais dire qu'ils l'étaient. Entouré d'une bande d'amis plus ou moins vrais, je me sentais indéboulonnable. Soudain, j'ai compris que ma vie n'était pas tout à fait celle que j'imaginais. D'abord, j'ai appris que tante Rude est un homme. Puis j'ai compris qu'avoir des béquilles n'est pas aussi drôle que je le pensais. Par ailleurs, mon père, que je croyais si fort, a peur de la cave. À présent, je comprends que rêver d'emmener un copain à l'étang de Berre est différent de le faire pour de vrai. Aux yeux de la classe, je suis ravi de pouvoir dire que je pars en vacances avec Blex. Mais, au fond, j'ai l'impression que nous sommes de moins en moins amis tous les deux. Je le sens parce que je connais son regard. Tout à l'heure, dans la cour de l'école, quand j'ai tenté de lui montrer mon livre sur les expériences d'astronomie, j'ai senti que je l'énervais à ne pas vouloir me mêler aux autres. Forcément, ils commençaient tous un foot. Et Blex sait très bien que les ballons ne sont pas mes meilleurs copains. En plus, je considère qu'à onze ans il est temps d'arrêter de jouer. Les filles bavardent, elles. Elles ne jouent quasiment plus. Celles qui ont osé le faire en début d'année ont été aussitôt rejetées par toutes les autres. Traitées de bébés, elles ont dû arrêter de jouer.

À présent, j'ai peur d'emmener Blex à l'étang de Berre, d'autant que, quand nous en parlons, il évoque Montalivet avec des trémolos dans la voix. Je ne vais jamais faire le poids. Nous n'allons pas au bar là-bas, ni au club de voile. Nous ne faisons rien que suivre le train-train familial, qui moi me réjouis parce que c'est ma famille. Mais lui, s'il est frustré par trop peu d'activités, ne risque-t-il pas de détester son séjour ? En plus, il m'en veut de ne plus être amoureux de Lydie. Il est toujours amoureux de Sam et trouve dommage que je ne fasse aucun effort.

– Mais quel effort ? lui dis-je.

– Tu arrêtes d'être amoureux de Lydie parce qu'elle a ri pendant que tu nageais ! Pardonne-lui !

– Elle n'a pas ri ! C'est Sam qui a ri. Je ne l'aime plus. C'est tout.

– Eh bien, force-toi ! Tu es mon copain ou pas ?

Je le soupçonne d'être déçu. En tombant amoureux de Sam et de Lydie, nous nous étions promis de vivre un jour sous le même toit. Mais tante Rude et maman s'étaient promis la même chose étant enfants, et comme dit papa pour m'épargner, « il arrive qu'en grandissant les rêves ne soient pas tout à fait comme on les avait dessinés ».

## 19
## *Les culottes remplacent-elles les serrures ?*

Le long séjour de tante Rude nous a vraiment rapprochés. Ce matin, elle m'a envoyé un paquet. « En l'honneur d'un manque d'occasion », a-t-elle écrit, poète, sur le mot qui accompagne une poupée de chiffon dans laquelle il est recommandé de planter des aiguilles. « Elles ne piquent pas », a-t-elle souligné trois fois à l'encre rouge et à l'adresse de maman qui, en effet, a poussé un cri en voyant une boîte d'aiguilles. Quand elle a vérifié que ces aiguilles de mousse ne pouvaient blesser personne d'autre que la poupée adaptée, elle a soufflé.

J'ai prénommé ma poupée Blex et je la perfore avec mes petites aiguilles. Je ne sais pas comment dire à maman que je n'ai plus envie de l'inviter en vacances à l'étang de Berre. Je réclame sa présence depuis trois mois. Les vacances sont dans un mois. Je ne peux pas revenir en arrière. Et puis Aimée doit aller voir les étoiles avec son mari. Je ne vais pas l'en empêcher. Quant à papa, même s'il me déçoit un peu ces temps-ci, je ne sais pas comment faire pour lui expliquer, sans le vexer, que l'étang de Berre n'est pas un aimant à copains.

Je prends donc le prétexte de son cadeau pour téléphoner à Rude. Maman compose le numéro, commence à parler et oublie de me la passer avant de raccrocher. Je la rappelle et, quand je l'entends soupirer « mon Quinquin », une aiguille en mousse vient me chatouiller le cœur. Maman a la fâcheuse habitude de rester plantée à côté de moi quand je téléphone, alors je m'éloigne. Je choisis la cuisine, mais elle me rejoint aussitôt. Je change encore de pièce afin de pouvoir poser ma question tranquillement.

– Rude ?

– Oui, mon Quinquin, raconte-moi tout…

– Blex va venir à l'étang de Berre cet été, mais nous sommes de moins en moins copains, et lui a l'habitude des plages de rêve, avec bar et club nautique… Alors il va se moquer de moi. L'étang est beau, mais seulement quand on le connaît…

– Oui, comme dit ta mère, c'est un étang sentimental…

– Qu'est-ce que je fais ? Je n'ai plus envie qu'il vienne !

– Je te comprends, mon Quinquin. L'emmener dans un trou pareil équivaut à le perdre définitivement…

– Tu n'as pas autre chose à me conseiller ?

– Quoi, mon Quinquin ? Venez donc me voir au Brésil ! Je vous apprendrai à danser la salsa !

– Mais ça coûte trop cher ! L'avion, le voyage…

– Voyage en soute ! Apprends à rêver, mon Quinquin. Tu as trop les pieds sur terre… Ferme les yeux. Allez, transporte-toi ici en pensée. Ne raisonne pas, expédie-toi au soleil sur une plage de rêve…

Je raccroche, complètement déprimé. J'ai oublié de la remercier pour les aiguilles. Seulement je ne la remercie guère pour celle qu'elle vient de me planter dans l'orgueil. Moi ? Pas assez rêveur ? Je suis l'être le plus imaginatif du monde. Je vis sur terre et je pense au ciel, non mais oh ! Si je peux me vanter d'avoir une qualité, c'est bien celle d'être poétique et de ne pas me contenter du plancher des vaches.

Je rapporte le téléphone à maman en soupirant. Elle me le retire des mains prestement, comme à chaque fois que j'utilise son téléphone portable. Elle doit recevoir des SMS de papa très inconvenants et elle a peur que je les lise. Néanmoins, comme je suis extralucide, en plus d'être super poétique, j'imagine très bien ce qu'ils contiennent. D'ailleurs, un jour, je les ai lus. Mais si je suis un être rêveur, poétique et intelligent de surcroît, je suis aussi un être amnésique quand cela s'avère nécessaire. Alors les mots doux de mes parents entre eux m'ont traversé le cerveau comme des flèches, et je ne sais plus du tout ce qu'ils contenaient.

Maman voit bien que ma conversation avec Rude m'a contrarié.

– Elle ne t'a pas raconté d'horreurs, rassure-moi ?

– Non. Sauf qu'elle n'a rien compris à mon problème.

– Tu as un problème, Quentin ? demande maman, trop contente d'avoir l'occasion de le résoudre elle-même.

– Non... mais Rude est un peu timbrée quand même...

– Quentin ! s'offusque maman.

Depuis qu'elle est venue la garder, maman n'en dit plus de mal, car Rude est quelqu'un d'extrêmement dévoué. Le matin où elle est partie, maman a tenu à la déposer à l'aéroport et elle a ensuite passé la soirée à regarder son siège vide en répétant : « Quand même, mon frère ! Quand même, ma sœur ! Quand même, quelle histoire ! » Et papa a dû la requinquer en lui promettant d'aller la voir un jour dans son pays sans fenêtres.

– On mettra Quentin chez pépé, a-t-il ajouté.

Super.

Pépé est vraiment la carte qu'on tire quand il n'y a pas d'autre solution. Il vit avec Ophélie, une jeune fille de cinquante-six ans comme elle dit elle-même. Il en a quatre-vingt-trois et il déteste les enfants, à commencer par un des siens, Rude. Il m'appelle le « gnome » et, quand je sors un mot d'esprit et que maman ne résiste pas à l'envie de le lui répéter, ou pire, de le lui écrire, il lui répond toujours de saluer de sa part le « tout petit » génie. Papa a conseillé à maman d'arrêter de correspondre avec son père à mon sujet. Leurs échanges ne lui valent que des aigreurs d'estomac. Mais maman tient à garder le lien avec son père. Moi, tout ce que je sais, c'est que je préfère aller voir Rude dans son pays sans fenêtres, plutôt que pépé dans son appartement avec baies vitrées. À chaque fois que je lui rends visite, je suis tenté de regarder dehors et, même quand je ne colle pas mon nez au carreau, j'énerve pépé. Il paraît que je crée un halo en respirant.

Alors, furieux à l'idée qu'on m'abandonne

là-bas pour partir en voyage chez Rude, j'ai précisé à papa et à maman que je ne les avais jamais empêchés de s'embrasser, de se tenir la main, ni même de glousser dans la salle de bains, et que j'avais ma place, avec eux, dans le pays sans fenêtres. Je ne me suis jamais permis de sortir de ma chambre, le dimanche matin, avant qu'ils ne viennent me voir, je me suis toujours couché tôt pour leur ficher la paix, je n'ai jamais exigé de m'asseoir entre eux au cinéma, donc j'ai gagné ma place en voyage.

– Je vous préviens... leur ai-je dit. Si vous me laissez chez pépé, non seulement je ferai des halos pour qu'il ne me reçoive plus jamais, mais, en plus, je ne vous lâcherai pas d'une semelle. Finis vos petits restaurants en amoureux ! J'exigerai de venir désormais !

Papa et maman ont éclaté de rire et maman a lâché :

– Oh, ma petite chaussette !

Papa a ensuite déclaré que j'étais l'enfant idéal et que je méritais de ne pas aller chez pépé. Il a expliqué à quel point, depuis ma naissance, je ne leur avais jamais pourri la vie. Je les ai laissés rester un vrai couple, et moi, leur couple, je veux bien le laisser en paix, mais je n'aime pas trop que papa m'en parle. Je rougis dedans. Le visage de maman est bizarre quand papa évoque leur couple. Elle rosit un peu, elle se soumet, on dirait un petit veau sous sa mère. Et papa me prend pour l'homme que je ne suis pas encore, il me dit :

– Tu comprends, Quentin, les femmes…

Non ! Je ne comprends rien ! Si je comprenais quelque chose, je me ficherais d'accompagner mes parents dans un pays sans fenêtres et je choisirais de partir en colo avec des camarades de mon âge. Cependant, les filles me font de plus en plus peur. Quand j'avais dix ans, une fille était pour moi une fleur fragile avec des cheveux longs et une robe. Même en pantalon, je trouvais aux filles des allures de princesse. Aujourd'hui, je fais bien la différence entre les vraies filles et les garçons manqués. Je ne sais pas où classer la porteuse de chaussures à brides, mais je commence à comprendre que toutes les filles, chaussures à brides comprises, sont compliquées.

Sam a embrassé Blex sur le menton. Depuis, il ne redescend plus de la planète rose sur laquelle il est perché. Je ne sais plus où se situe la vérité et je n'arrive pas à tirer l'affaire au clair. Sam a-t-elle vraiment embrassé Blex ? Le baiser vient encore de changer de place. De l'angle formé par la joue et la bouche il est passé au-dessous de la narine droite. Il se déplace au gré du souvenir de Blex, qui semble lui aussi créer un halo. Comme Antoine et Colin ne sont pas très intéressés par les histoires de baisers, j'écope du compte rendu répétitif de Blex, complètement bloqué, exactement comme Rude quand elle a fermé la porte de son appartement avec la clef à l'intérieur et qu'elle s'est retrouvée en culotte sur le palier. Au lieu d'appeler un serrurier, elle a appelé maman de la cabine téléphonique d'en bas. Maman hurlait :

– Mais enfin, appelle un serrurier ! Que veux-tu que je fasse pour toi à quatre mille kilomètres de là !

Et Rude pleurait, en répétant :

– Tu vois, je devrais te laisser un double de mes clefs. Je suis toute seule…

Tant bien que mal, maman essayait de la convaincre de raccrocher, de se fabriquer un cache-culotte avec un journal et d'appeler un serrurier.

– Où veux-tu que je dégote un journal ?

– Par terre, n'importe où, dans une poubelle !

– Une poubelle ? Tu crois peut-être que je vais ressortir de la cabine pour aller faire les poubelles ! Je suis en culotte ! Et seule ! Je n'ai même plus de papa pour me protéger !

À la fin, maman a dû appeler les renseignements internationaux pour téléphoner elle-même à un serrurier et l'envoyer ouvrir la porte de Rude. Maman roulant très mal les « r », le serrurier du pays sans fenêtres n'a rien compris. Maman lui a parlé en anglais, et il lui a raccroché au nez. Rude a rappelé, toujours en culotte dans sa cabine téléphonique, mais toute contente cette fois, parce que des touristes venaient de la prendre en photo. Elle était bloquée sur ce thème.

– Tu crois que je vais avoir ma photo dans le journal ? Oh, là, là ! C'est bien parti, cette fois, pour la célébrité ! L'Olympia, j'arrive !

Maman a tenté de la cadrer, avec des formules comme « chaque chose en son temps », « petit à petit l'oiseau fait son nid » et *chi va piano va sanno*, et je n'ai même pas pensé à sauter sur l'occasion pour lui dire d'employer des phrases de son cru et pas ces expressions toutes faites, tellement peu charmantes dans sa bouche.

Eh bien, Blex fait exactement comme Rude. Il est bloqué. Elle sur sa photo en culotte, et lui sur ce baiser un peu flou que Sam lui a donné pour le remercier d'avoir mangé son Samos à la cantine. Le lundi, le surveillant de la cantine est fou. Il nous empêche de nous lever tant qu'on n'a pas tout terminé. Plusieurs parents exigent son renvoi, mais, comme il est débile mental, il est plus difficile à renvoyer que le précédent qui mettait les doigts dans les plats. Alors nous obéissons à ses ordres. Néanmoins, Sam est allergique au Samos. Si elle en mange, elle déclenche aussitôt des verrues plantaires. Son excuse n'a eu aucun effet sur le surveillant. Blex, héroïque parce qu'il déteste les fromages mous, a englouti le fromage de Sam pendant que le surveillant avait le dos tourné.

Une fois dans la cour, Sam a embrassé Blex pour le remercier. Mais lui, à cause de sa ressemblance avec son père, l'a dégagée sans plus d'égard et s'est essuyé d'un revers de manche.

Je n'ose pas lui dire que le problème est là. Prendre son père pour exemple n'est peut-être pas la meilleure idée quand on a un père comme celui de Blex. Blex s'étonne que Sam ne l'ait pas embrassé à nouveau depuis.

– On ne nous a pas servi de Samos, cette semaine, lui dis-je. Mais essaie de l'embrasser à ton tour !

– Moi ? T'es pas bien ? Les filles embrassent, mais pas les garçons !

Ah ! dans ce cas, les choses se compliquent. De mon côté, aucune fille ne m'a jamais embrassé, à part Zoé qui a fait semblant, simplement pour me coller un chewing-gum dans la narine. Mais je me dis que si cela m'arrivait, je proposerais un coup sur deux. Une fois elle, une fois moi. J'ai déjà entendu parler de la répartition des tâches dans le couple et je pense que, comme pour les poubelles, l'alternance est préférable.

## 20
## *Le mystère Chrysoline*

Mes sentiments pour Lydie ne se sont pas réveillés. En quelques mois, je suis passé de l'admiration la plus totale à l'indifférence la plus profonde. Et plus les jours passent, plus je la trouve moche. Son aisance me paraît déplacée, sa voix n'a aucun charme, son air narquois déforme son sourire, et même son pull bicolore s'est mis à boulocher. Je suis plutôt satisfait de mon nouvel état non amoureux quand je vois Blex qui ne redescend pas de l'arbre sur lequel le baiser de Sam l'a perché.

Je prends garde à ne pas le froisser, notre séjour à l'étang de Berre approchant. Je le préfère débordant de questions et complètement hagard, plutôt que sportif aguerri me laissant en plan.

Cet après-midi, nous avons le droit d'aller au parc avec les amis. Quand arrive l'été, les parents lèvent quelques interdictions. Blex est tout excité parce que Lydie sera là aussi.

– Tu pourrais retomber amoureux d'elle ! me dit-il.

Je suis peut-être obsessionnel, mais Blex est pire que moi. Il s'est fabriqué un petit rêve dans sa tête, et il y tient. Du coup, je n'ose pas lui expliquer que mes onze ans m'ont transformé. J'ai changé d'idée sur les filles. Celle dont je compte être amoureux doit être gentille. Et pas trop moche. À ce propos, j'en connais une, mais si je lui parle d'elle il va se moquer de moi. Elle ne porte plus de chaussures à brides, sauf que les enfants continuent à croire qu'elle en a. Elle erre souvent seule dans la cour. Personne ne la rejette vraiment, mais personne ne fait non plus attention à elle. Chrysoline pourrait être mon amoureuse. J'aimerais tant qu'elle s'appelle autrement.

Je me suis confié à Rude. Elle trouve ce

prénom formidable et m'assure que, si elle s'appelait Véronique ou Sophie, elle serait beaucoup moins mystérieuse. Chrysoline ? Mystérieuse ? Depuis que Rude m'a dit ça, je l'épie. Néanmoins, le seul mystère qui émane d'elle est lié à sa timidité.

– Elle n'est pas timide, elle est coincée ! hurle Blex, mort de rire, maintenant que je viens de lui avouer mon coup de cœur.

Nous sommes assis dans l'herbe. Nous bavardons tous les deux en appliquant la stratégie du père de Blex. Pas un regard vers les filles. Notre détachement devrait les faire approcher. Je ne peux m'empêcher de penser que notre manque de naturel se repère à trois kilomètres. Je me demande s'il est de bon aloi de prendre un genre qui n'est pas le nôtre. Mais comment trouver son genre, surtout si on n'en a pas ? En attendant, mieux vaut me contenter de ce style détaché, même si je pense de façon assez certaine que je ne deviendrai pas un macho. Je m'imagine plutôt tendre et léger, ainsi que rigolo, ce qui est complètement paradoxal puisque je n'ai pas d'humour. Bizarrement aussi, je m'imagine chauve.

De temps à autre, Blex ne peut s'empêcher de surveiller en contrebas afin de vérifier que Sam, Heidi et Lydie n'ont pas bougé. Il n'a pas compris qu'une posture ne suffit pas à imiter son père. C'est tout un être sauvage qu'il doit devenir. Si j'étais lui, je choisirais plutôt mon papa. Si on ne lui demande pas d'avoir l'air cool à une fête où l'on danse, mon papa est ce qu'on fait de mieux en matière de mari. Maman pense différemment, mais rien de plus logique. Une femme trouve toujours à redire sur son bonheur.

Je ne sais rien sur Chrysoline. Même ses parents, on ne les voit pas. Elle rentre seule chez elle. Je crois que personne n'est venu l'attendre au car quand nous sommes rentrés de classe de neige. Un soir, Heidi est allée dormir chez elle parce que sa mère était à l'hôpital et que personne ne pouvait la garder. Elle a juste raconté que le papier peint était moche et que c'était une maison sans chocolat. Je l'ai trouvée méchante, elle aussi, car, après cette nuit chez

Chrysoline, elle ne lui a jamais reparlé. J'ai pourtant vu Chrysoline lui sourire et essayer de se rapprocher un peu de son groupe, mais Heidi n'ayant plus besoin d'elle l'a complètement laissée choir.

Être amoureux d'une fille comme Chrysoline n'est pas forcément une bonne idée. Mes résultats scolaires pèsent déjà lourds en ma défaveur. Alors je crains qu'une telle alliance ne me vaille un rejet définitif. Pourtant, quand je la regarde, en contrebas elle aussi, tentant sans y parvenir tout à fait de s'incruster entre Charlène et Dorothée, elle me touche. Je lui mangerais bien son Samos.

Je n'ai pas le temps de rêver, car Sam et Lydie nous rejoignent. Aussitôt, Blex se met à mâcher un chewing-gum imaginaire et répond par des « hum ! » aux questions des filles sur l'été à venir. Nous évoquons l'étang de Berre, et Blex qui n'y est jamais allé cesse ses « hum ! » pour en parler. Il raconte les barbecues sur la plage, le haras, le refuge canin, la piscine à débordement, les quatre plongeoirs, le home cinéma dans la salle de bains, le congélateur rempli de glaces. Si, là encore, il imite son père, Aimée a du souci à se faire parce que Blex raconte des balivernes ! Il va finir par les lasser. D'ailleurs, je vois déjà Lydie et Sam tordre le nez. Forcément, avec leur bord de mer, elles ne font pas le poids. Je lève le bras pour appeler Chrysoline. Après tout, papa dit toujours que l'effet de surprise est une bonne astuce quand on est peu sûr de soi. Chrysoline voit mon bras en l'air, mais elle met quelques secondes avant de me répondre. Elle regarde tout autour d'elle pour vérifier que c'est bien à elle que je m'adresse.

– Pourquoi tu l'appelles ? me demande Lydie.

– Pour l'inviter à venir ! je réponds.

– Pourquoi ? interroge Sam.

– Parce qu'elle est toute seule, et que je la trouve gentille.

– Gentille ? s'étonne Lydie.

– Et vachement jolie ! complète Blex.

Finalement, je me demande si le père de Blex n'est pas meilleur que le mien en matière de filles. Sam et Lydie ne sourient plus. Elles nous regardent, l'air renfrognées. Un peu choquées, elles baissent le nez. Chrysoline nous rejoint et s'assied dans un vaste geste gracieux de cils et de mollets. Droite comme un I, avec sa voix menue, elle commence à nous raconter une histoire drôle.

# 21
## *Pépé sur un plateau*

Rude étant rentrée chez elle, Ophélie et pépé nous ont invités à venir faire des halos chez eux. Ophélie est plus gentille que pépé. Avant lui, elle a eu un autre mari qu'elle a quitté pour se marier avec pépé, qui ne l'a finalement jamais épousée, parce qu'il dit que les bonnes femmes ne sont même pas bonnes pour le mariage. Et Ophélie rigole. Je me demande si elle l'entend. Même archi-sourd, on sent au premier regard que pépé est une peau de vache. On le lit dans sa prunelle. Maman m'assure qu'il est caustique, taquin, mais très gentil au fond. Je ne veux pas la peiner en racontant du mal de son père, mais, du haut de mes onze ans, je ne l'ai jamais senti gentil au fond. Même devant la télévision, pépé s'esclaffe à cause des gens moches. Quand on vient déjeuner chez lui, Ophélie me prépare mon dessert préféré, une bombe glacée. Elle verse le contenu d'un pot de glace à la vanille dans un saladier rond et pile de la meringue qu'elle mélange à la glace, puis elle démoule le tout sur une assiette et le recouvre d'un coulis de fruits rouges. J'aime beaucoup le résultat. Ce dessert en soleil couchant est très joli. Je suis certain que Rude en serait friande. Elle s'extasierait, la bouche pleine d'adjectifs comme exquis, *beautiful*, *sweet*, chou, amour. Elle aime bien dire qu'un dessert est amour. Elle ne verrait pas la laideur qui fait rire tout le monde ici. Chacun y va de son petit commentaire pour signaler combien la bombe est ratée.

– Et je peux vous confirmer qu'elle est aussi immangeable qu'elle est moche, assure pépé.

Mais Ophélie garde le cap, fière des compliments que je lui susurre, assez haut pour qu'elle les entende, assez bas pour que pépé ne se moque pas de moi.

Aujourd'hui, je me sens fort parce que, dès qu'on sera sortis de table, je retournerai au parc. Nos attitudes de cow-boy ont beaucoup plu aux filles qui nous ont proposé de les y rejoindre. Maman a encore tiqué sur le fait que j'étais petit pour traîner au parc, mais Aimée l'a convaincue. Papa et maman m'ont prévenu qu'ils feraient un tour de parc, sans venir me parler ni me déranger, juste pour vérifier dans la plus parfaite discrétion que de grands loubards ne nous embêtent pas. Par ailleurs, je dois rentrer avant la nuit tombée. Néanmoins, ce point-là ne me gêne pas puisque nous sommes tous logés à la même enseigne.

Pépé vient de m'offrir un cadeau moche de sa spécialité. Il s'agit du faire-part de son premier et seul mariage avec la mère de maman, imprimé sur un plateau. Il paraît qu'elle est morte d'usure bien avant que je naisse.

– Qu'est-ce que tu veux que j'en fasse ! répond-il à maman qui s'extasie devant ce cadeau, lui reprochant de ne pas conserver ce beau souvenir.

Puis elle commet l'erreur de parler de Rude.

Elle ne tarit pas d'éloges à propos du séjour de sa sœur à la maison.

– Ta sœur ! Ta sœur ! Tu vas arrêter à la fin ! dit pépé.

Je sens que pépé n'est pas très moderne au niveau de la définition des hommes et des femmes. Papa bat le rythme avec sa main sur sa cuisse pour avoir l'air cool, et maman continue à défendre Rude avec des larmes plein les yeux. Ophélie époussette son set de table en long, en large et en travers, nous proposant pour la quatrième fois une petite tranche de bombe glacée, et moi, je lui dis oui pour meubler. Papa me fait un geste un peu vulgaire signifiant qu'à me resservir ainsi je risque de vomir en sortant d'ici.

Pépé balance à maman, qui s'évertue à le rapprocher de Rude au moins mentalement :

– Cause toujours, t'auras des frites.

Le mot « frite », qui me fait d'ordinaire tressaillir, me laisse de marbre. La bombe glacée a assez calé mon estomac.

Et puis pépé sort de table. Il se dirige vers sa boîte de chocolats, découpe deux barres d'une tablette et va les manger dans son fauteuil, les pieds sur le canapé. Ophélie regarde les pieds de pépé avec impatience, sans piper mot. Maman aide Ophélie à débarrasser, et papa me pousse à aller m'asseoir non loin de pépé. Mon plateau sous le bras, et répétant : « Il est drôlement joli ce plateau, pépé, j'en prendrai soin… », j'obéis.

Pépé me regarde et me demande :

– T'es toujours aussi génial ?

– Ça va… Comme ci, comme ça…

Il me met tellement mal à l'aise, pépé. Il le sait très bien, alors il en joue. J'accepte de l'accompagner dans ses vieux jours. Il paraît que c'est là mon rôle de petit-fils, mais franchement… Que mes parents ne s'avisent pas de m'abandonner chez lui pour partir en voyage !

Quand on s'en va, il nous dit salut, sans ouvrir les yeux, parce qu'il est déjà parti pour sa sieste. Ophélie m'embrasse en me murmurant :

– Il t'aime beaucoup, tu sais…

– Profite bien de ton plateau ! crie pépé, toujours dans son fauteuil.

– Oui, pépé, lui dis-je, je n'y manquerai pas. Il est drôlement beau, ce plateau.

Dans la rue, maman baisse le nez pour que papa ne voie pas qu'elle est triste. Il pourrait lui passer la main dans le dos et, dans ce cas-là, elle se mettrait à sangloter. La situation s'est déjà produite une fois. Et quand maman est sur le point de craquer, elle nous dit :

– Surtout, arrêtez d'être gentils avec moi, sinon je pleure !

J'ai compris qu'il fallait cajoler maman seulement quand elle va bien. Je ne l'approche jamais trop près si elle est soucieuse, car ses larmes coulent aussitôt, ou pire, sa voix déraille. J'ai l'impression de la ramollir. Je préférerais la consolider, mais il me semble que je la fais fondre. Qu'importe. Au final, elle me remercie toujours de l'avoir fait craquer. Je ne suis pas si pressé d'avoir une femme, je crois. J'ai déjà tellement de mal à comprendre quelque chose aux modes d'emploi des jeux-concours. Et puis aujourd'hui je n'ai pas le temps de m'attarder sur les humeurs de ma mère. J'ai rendez-vous au parc, il y a un soleil de plomb, et on s'est tous promis de se tremper les pieds dans le lac sans que jamais nos parents ne l'apprennent.

## 22
## *Mon am'*

Depuis que je sais que Chrysoline connaît des histoires drôles, elle m'intrigue. Elle est là, assise sur une petite serviette jurant harmonieusement avec les paréos à la mode de Sam et de Lydie. Elle regarde le lac avec effroi et curiosité. Elle joue avec un brin d'herbe, sans l'arracher pour autant. Je veux une femme comme elle, bien respectueuse de la nature. Pas comme Lydie qui vient de jeter par terre son paquet de gâteaux vide. Comment ai-je pu tomber amoureux de cette sale gosse ! Chrysoline a aussitôt le réflexe de tendre le bras pour ramasser le papier, et Sam s'esclaffe :

– Tu es une vraie poubelle ambulante. On devrait t'emporter partout !

Je vois l'œil de Blex noircir un peu. Il va finir par se rendre compte que Sam est aussi méchante que Lydie. Sinon je me chargerai de le lui dire, tel quel. Et tant pis s'il en souffre. Il en souffrira moins qu'en restant amoureux d'elle. Depuis que nous parlons à Chrysoline, les deux pestes ne nous lâchent plus. J'y vois une sorte de jalousie réflexe, tandis que Blex y décèle un sentiment amoureux. Mais Blex est rêveur. Mâchonnant toujours son chewing-gum imaginaire, il est sûr qu'en soupirant bruyamment, dès que Sam commence à parler, il va la mettre définitivement dans sa poche. « Plus je lui serai indifférent, plus elle tombera amoureuse de moi », m'explique-t-il. Je ne comprends pas pourquoi maman dit tant de mal du père de Blex, tous deux ont parfois les mêmes méthodes tordues. Sauf que ma mère en a une d'avance sur lui. Elle suit son fils au square !

J'ai cru que l'ambiance morose à la sortie de

chez pépé allait me sauver de mes parents. Mais qui vois-je arriver, bras dessus, bras dessous, l'air dégagé et détaché, marchant en contrebas ?

– Ce ne sont pas tes parents ? demande Blex.

– Hein ? Où ça ? dis-je, un peu gêné.

Maman avance d'un bon pas, et papa, qui ne m'a pas encore repéré en haut de la butte, traîne, le nez en l'air, à la recherche de ma petite silhouette. Soudain, il me voit et me montre du doigt à maman qui plisse le nez. Quand elle m'aperçoit, elle lui tape sur le bras comme pour le ramener à une certaine discrétion. C'est réussi !

– Il n'est pas mal du tout, ton père, observe Lydie.

Médusé par une telle remarque, je lui réponds :

– Oui, il plaît beaucoup.

– Ta mère aussi est très jolie, constate Chrysoline. Elle semble venir d'un autre siècle.

Là, je lui donne raison. Une mère de son temps n'irait pas me coller le train au jardin devant mes amis. Il ne lui manque plus qu'une ombrelle pour parfaire son air naturel. À présent qu'ils ont vu qu'aucun loubard ne nous ennuie, je me demande combien de tours de lac mes parents vont m'infliger.

Il n'en faut pas plus d'un à Lydie pour attaquer.

– À mon avis, tes parents te surveillent... Ils ne veulent pas laisser leur petit garçon chéri seul au parc !

Heidi, qui vient de nous rejoindre et qui copie de plus en plus Lydie, jusque dans sa façon de remonter sa mèche de cheveux sans les mains et d'un coup de tête, ajoute :

– Ils ont peur qu'on fasse du mal à leur petit garçon chéri !

Blex s'arrête de mâchonner. Il se tourne vers Sam.

– Toi, je te préviens... Si tu balances quoi que ce soit contre mon copain, je te fais manger du Samos jusqu'à ce que tu exploses !

– Mais je n'ai rien dit ! se défend Sam. Tu es complètement malade de me parler comme ça !

Sam se rebiffe contre Blex, mais, en même temps, elle évite le regard de Lydie. Je suis ravi de constater que mon ancienne amoureuse est lâchée par sa copine. Sam semble choisir notre camp. En a-t-elle assez de la méchanceté de Lydie ?

Égale à elle-même, Chrysoline plane, ailleurs. Elle fabrique un petit nid avec le bord de sa serviette-éponge. Heidi choisit de se rapprocher d'elle, un peu comme si elle sentait là la seule façon de nous plaire. Sans nous concerter, nous nous rendons compte, Blex et moi, que nous avons quatre filles autour de nous, décidées à ne pas quitter le carré d'herbe, même quand on leur parle avec autorité... Aucune ne réagit au passage de mes parents qui, toujours aussi naturels, balaient le parc de leur regard laser à la recherche de vilains malfrats.

– On n'avait pas dit qu'on se tremperait les pieds ? demande Lydie.

Je compte sur l'autorité de Blex, mais rien ne vient. Il sait comme moi que, si ma mère nous voit les pieds dans l'eau, elle le répétera aussitôt à Aimée. Et Aimée a beau avoir une douce voix, elle est intransigeante sur les eaux sales. Ce qui est assez paradoxal puisqu'elle n'a pas dit non aux vacances à l'étang de Berre. Mais une femme qui veut partir en amoureux et en Italie est capable de fermer les yeux sur ses pires phobies, m'a expliqué papa, me prenant à nouveau pour son copain de régiment à qui il peut tout raconter.

Lydie s'en donne à cœur joie, faisant des revers aux jambes de son pantalon.

– Vous venez tremper vos pieds, les amis ?

– Je ne sais pas si j'ai le droit, lui répond Chrysoline.

Elle est décidément très particulière. Je découvre que l'honnêteté est la meilleure solution. Quitte à se retrouver parfois un peu seule, Chrysoline dit ce qui lui passe par la tête. Et c'est toujours vrai, je crois.

– Ils ne sont pas là, tes parents, au moins ! ironise Lydie.

Blex ne répond rien. Il me regarde, très interrogateur. Comment faire pour évincer mes parents ? La meilleure façon de faire cesser leurs tours de lac n'est-elle pas d'aller à leur rencontre ?

– Avec Blex, on a un truc à voir avec mes parents, dis-je aux autres. On a deux ou trois choses à mettre au point pour les vacances.

– On les rejoint en avion, mais comme on voyage seuls il faut qu'on remplisse des papiers urgents… interrompt Blex.

– Oui, en gros, on a des histoires de papiers à voir…

– Mais on revient ! ajoute Blex, déjà debout.

Nous descendons tous deux la butte, et je lui expose mon plan. Lui m'explique :

– Si ma mère apprend qu'on a trempé nos pieds dans l'eau, je serai puni. Peut-être même puni d'étang de Berre. Elle raconte toujours que l'eau du lac est remplie de chats morts et de pigeons pourris.

– Laisse-moi faire, lui dis-je, approchant de mes parents.

Je leur crie « hello », et ils se retournent, surpris. Forcément, la dernière fois qu'ils ont levé les yeux vers moi, il y a une minute, j'étais encore en haut de la butte.

Un peu gênée mais très souriante, maman embrasse Blex. Papa lui parle aussitôt des vacances arrivant à grands pas, et maman l'interrompt assez vite en lui précisant :

– Mon am', n'ennuie pas les enfants maintenant. Laisse-les jouer, avec ce beau temps ! Ils n'ont pas envie de parler à leurs vieux parents… Et puis nous, on va rentrer maintenant. Tu nous retrouves vers six heures ? propose-t-elle.

– Oui, m'man.

Elle m'adresse un clin d'œil et attrape papa par le bras. Je me demande si maman n'a pas un petit côté Chrysoline. « Mon am' ! » Elle a vraiment de ces expressions, parfois !

Il est dix-sept heures vingt. Il nous reste quarante minutes pour faire n'importe quoi.

## 23

## *J'ai toujours préféré les scratchs*

Les filles nous attendent en haut de la butte. Colin et Antoine les ont rejointes. Nous remontons tranquillement vers eux, le regard fier, un mensonge dans chaque bouche.

– Nous partirons en avion, Blex et moi, mais de nuit, dis-je aux autres.

– Et à l'arrivée, nous nous débrouillerons pour aller jusqu'à l'Étang, mais il y a des tas de bus à la gare, complète Blex.

– À l'aéroport… je corrige.

J'aime bien mentir avec mon copain. Mentir tout seul n'est pas ma tasse de thé. Néanmoins, mentir avec la complicité d'un ami, contre une fille méchante qui plus est, me convient très bien. D'un autre côté, je mens à Chrysoline, et ce n'est pas très gentil, mais il sera toujours temps de lui expliquer la vérité. Une autre fois.

Pour le moment, nous retirons nos chaussures, retroussons nos pantalons et descendons la butte en courant. Sam se blesse l'orteil sur un caillou pointu et se met à hurler. Des larmes lui montent aux yeux, mais on n'a vraiment pas le temps de la consoler. Elle est pénible ! À chaque fois qu'elle se blesse, même à peine, elle pleure. Blex lui donne une petite tape dans le dos, il lui prend la main, et elle ravale ses larmes. Je suis admiratif, car, en général, Sam est une vraie pleureuse. Je me souviens d'un cours de sport où je lui ai sauté sur le pied. Elle hoquetait comme un bébé et a même posé sa tête sur l'épaule de la prof qui s'était accroupie devant elle pour la consoler. Elle n'avait que dix ans à l'époque, d'accord, mais on s'est tous demandé comment elle ferait pour accoucher quand elle serait grande, si elle ennuyait déjà tout le monde pour n'importe quel petit bobo.

Boiteuse, Sam nous suit quand même. Blex est si content de lui tenir la main qu'il est tout rouge. Mais comme il fait très chaud, nul n'y prête particulièrement attention. Chrysoline saute la première dans l'eau. Elle éclate de rire et me tend la main pour que je la rejoigne. Peut-être qu'elle est soulagée, pieds nus, et donc sans chaussures, de ressembler à tout le monde.

Des copains nous retrouvent. Rodéric tarde à entrer dans l'eau, et, au moment où il le fait, son pantalon mal relevé lui dégringole jusqu'aux chevilles, alors on éclate tous de rire. C'est quand même bon de faire n'importe quoi. Lydie saute le plus haut qu'elle peut afin d'éclabousser tout le monde en atterrissant. Je me surprends à lui dire :

– Tu peux aller jouer plus loin, s'il te plaît ? Tu nous trempes.

Timothée vient d'arriver, elle se jette sur lui et l'éclabousse jusqu'à la taille. Il la pousse, je m'attends à ce qu'elle tombe dans l'eau, mais elle s'abat exprès sur Chrysoline qui tombe à sa place.

Trempée jusqu'au cou, Chrysoline se relève, et je me précipite vers elle pour l'aider. Elle rit, néanmoins je vois son œil s'assombrir. Sa chute nous incite à sortir de l'eau. Je pense que personne parmi nous n'a envie qu'il lui arrive la même chose ; Blex le premier, qui sait comment il serait reçu s'il rentrait chez lui dans cet état-là.

Je suggère à Chrysoline de se rouler dans l'herbe chaude pour se sécher. Sam nous le déconseille.

– Elle va ressortir toute marron à cause de la terre !

Je propose des Kleenex à Chrysoline, mais il en faudrait plusieurs paquets pour l'éponger, la pauvre. Si seulement j'avais gagné mes quatre cents draps de bain ! L'heure tourne, et nous devons rentrer chez nous. Chrysoline ne dit rien en enfilant ses chaussures. Lydie ricane un peu. Timothée se penche vers Chrysoline. Il l'aide à faire ses lacets. Si l'été pouvait m'accorder un souhait, j'opterais pour que Timothée change de lycée. Ne peut-il pas laisser mes fiancées tranquilles à la fin ? D'autant que je ne fais pas le poids en lacets. J'ai beau être génial, j'ai toujours préféré les scratchs.

Nous quittons le jardin. Chrysoline m'adresse un signe de la main et s'éloigne vers sa maison. Alors que je marche avec Blex, je l'imagine rentrant chez elle, poussant la porte pour gagner une entrée au papier peint marron et kaki, puis un salon orange et caca d'oie, et une cuisine sans placard à chocolat. Ses deux parents fous l'attendent, enveloppés dans des rideaux, chacun les pieds dans un pot de fleurs. Ils ont des feuilles à la place des cheveux.

Pauvre Chrysoline, me dis-je, rentrant chez moi, accueilli par maman qui m'a préparé un gâteau au chocolat embaumant jusque sur le palier. Je lui en découperai une part, je la lui apporterai demain.

Je n'aime pas quand j'ai désobéi et que maman est gentille. J'ai l'impression de ne pas avoir complètement droit à sa douceur. Mais mon point de vue change immédiatement quand papa me lance :

– Quentin, avec ta mère, nous avons réfléchi… Il serait quand même bien que tu ailles dormir chez pépé de temps en temps…

Et là, je n'ai aucun regret d'avoir désobéi.

– En fait, complète maman, ton grand-père souffre de solitude. Il est de plus en plus méchant et intolérant. La visite d'un petit garçon comme toi pourrait lui faire un bien fou !

– Tu verras, poursuit papa, petit à petit, tu ne pourras plus te passer de lui…

– Et lui, de toi, complète maman. Laisse-lui une chance ! Quand tu n'étais pas au courant, nous avions peur qu'il te raconte de vilaines choses sur Rude, mais à présent que tu sais… Tu feras la part des choses.

– Oui, tu pourras même lui demander de ne pas dire de mal d'elle en ta présence…

– Nous n'avions pas très envie que tu découvres la vérité chez pépé, poursuit maman. Mais puisque tu la connais, tu vas mieux le comprendre. C'est compliqué pour lui, ce garçon-fille… Alors il aboie sur nous. Mais je te promets qu'il n'aboiera pas sur toi !

– Certes, il est parfois caustique envers toi, mais c'est à nous qu'il s'adresse. Seul avec toi, il fera un sans-faute.

– Et puis Ophélie sera là, elle te préparera des bombes glacées, me dit maman.

Je ne réponds rien. Enfin si :

– Je peux téléphoner ?

# 24
## *Un gâteau au chocolat au chocolat*

Sur le coup, je manque de téléphoner à Rude pour lui dire que si elle peut redevenir un garçon, pépé sera de meilleure humeur, et moi, par voie de conséquence, exempté de séjour chez lui. Mais j'appelle finalement Chrysoline. Je ne sais pas ce qui me prend. Je vois la feuille-répertoire de ma classe posée sur le bureau de maman, avec les noms, adresses et téléphones de tout le monde. Et je téléphone à Chrysoline. Une voix très fluette dit d'abord allô, puis s'étouffe en toussant. S'il s'agit de sa mère, elle a au moins quatre cancers. Puis une grosse voix prend la relève.

– Je suis le père de Chrysoline, entends-je. Qui la demande ?

– Quentin. On est dans la même classe, j'aimerais bien lui parler.

– Ne quitte pas, Quentin, me répond son père.

J'ai quand même le don d'imaginer des scénarios catastrophe. Sa mère, juste derrière, lance :

– Ne bouge pas chéri, je m'occupe d'aller la chercher.

Puis Chrysoline prend le combiné et dit :

– Salut, Quentin, tu es bien rentré ?

Je suis tellement étonné qu'elle me dise salut et ne se contente pas d'un long silence, que je ne réussis pas à parler. Je me débloque au bout de quelques secondes quand elle me demande pourquoi je l'appelle. Je réponds juste :

– Pour te prévenir que ma mère a fait un gâteau au chocolat.

– Tu as de la chance !

– Demain, je t'en apporterai une part.

– Chouette ! me dit-elle. Et il est à quoi ?

Alors on a un fou rire parce que je réponds

que c'est un gâteau au chocolat au chocolat. Nous échangeons quatorze exemples sur tous les gâteaux au chocolat pas au chocolat que nous pouvons imaginer. Un gâteau au chocolat à la pastèque, un gâteau au chocolat au gratin dauphinois, un gâteau au chocolat à la paella…

Au bout d'un moment, le père de Chrysoline nous interrompt. Il lui signale qu'il est temps de passer à table. Chrysoline me demande alors si je veux bien qu'elle me rappelle après le dîner. J'accepte.

À mon tour, je passe à table, partagé entre l'envie de bouder à cause de ce que m'ont annoncé mes parents sur mon grand-père et l'envie de ne pas bouder, à l'idée que Chrysoline va me rappeler. Une chose pourtant me dérange déjà. Je suis sûr que si papa décroche, constatant qu'une fille m'appelle, il va faire une danse de sourcils insupportable à l'attention de maman. Et si c'est maman qui répond, elle ne saura pas rester naturelle. Je dois donc me précipiter pour répondre moi-même…

Quand le téléphone sonne, nous venons de

commencer la découpe du gâteau au chocolat. Je me précipite, manquant de renverser la carafe d'eau, et je réponds.

– Le petit génie ? demande le téléphone.

– Lui-même, dis-je. Bonsoir, pépé.

Pépé me tient la jambe pendant quarante-six minutes. L'heure tourne et pépé parle sans arrêt. Papa et maman lui ont dit que je viendrai dormir un jour et il est super content. Je meurs d'envie de lui répondre en retour que moi, pas du tout, mais je ne pense qu'à une chose. Raccrocher. Quand je peux enfin le faire, j'espère l'appel de Chrysoline. Papa et maman reprennent la conversation sur pépé. Papa tient à m'expliquer les choses.

– En fait, Quentin, tu es né quand Rude a commencé à porter des robes. Et pépé ne le supporte pas. Par exemple, il déteste qu'elle s'habille en blanc quand elle est bronzée.

– Tout comme toi ! plaisante maman.

– Il n'arrive pas à s'y faire… Et donc, depuis que Rude met des robes, pépé est devenu acariâtre.

– Il ne te montre jamais ses bons côtés, complète maman. Mais moi qui les connais, je peux te dire que tu rates quelque chose… Il n'y a pas plus drôle et gentil que pépé !

– Vous voulez que je le rassure en lui promettant de ne jamais devenir une fille à l'intérieur, c'est ce que vous me demandez ? dis-je.

Et là, maman soupire.

– Ma petite chaussette est géniale…

Et papa ajoute :

– Ta grande chaussette, oui…

Je les embrasse et je me couche en continuant à guetter le téléphone, mais quand je vois s'inscrire trois heures du matin sur mon réveil, je comprends que Chrysoline n'appellera plus. Alors je rêve d'elle. Je lui offre Mascara, mais il fait la taille d'un cure-dent. Elle me remercie en retirant une chaussure, puis elle le glisse dedans.

# 25
## *Même Lydie pleure*

Quand on se retrouve tous deux face à face dans la cour, moi avec le gâteau au chocolat au chocolat dans mon sac à dos, et Chrysoline avec son sourire, nous n'osons pas parler. Sam demande à Chrysoline si elle s'est fait gronder, et elle explique qu'en disant la vérité à ses parents elle ne s'est fait gronder qu'à moitié et surtout très peu de temps, car sa mère a la voix cassée par un vilain rhume. En revanche, elle leur a promis de ne plus jamais se baigner dans le lac pourri.

Lydie ne lui dit même pas qu'elle est désolée de l'avoir poussée, et Sam, qui commence à comprendre que la gentillesse est une bonne qualité, se rapproche davantage d'Heidi et de Chrysoline. Même Timothée vient prendre des nouvelles de Chrysoline. Lydie finit alors par rappliquer. Elle m'attrape le bras et me demande si je vais vraiment prendre l'avion, de nuit, seul avec Blex. Et comme je ne lui réponds pas assez vite, elle me lance :

– Eh ! Oh ! T'es bouché ou quoi ? Je te parle !

Timothée la regarde de travers et me défend :

– Qu'est-ce qu'il t'a fait ? Pourquoi tu lui parles mal ?

Et là, Lydie éclate en sanglots, elle se met à taper du pied et nous dit :

– J'en ai marre ! J'en ai marre ! J'en ai marre ! Fichez-moi la paix à la fin, vous êtes tous contre moi !

On la laisse partir à l'autre bout de la cour se calmer. Il semble que nous sommes assez contents de la voir malheureuse. Et puis rapidement Chrysoline nous quitte pour la rejoindre. Elle marche doucement jusqu'à Lydie. Elle s'assied à côté d'elle et regarde ses pieds. Nous procédons de la même façon. Mollement, nous traversons tous la cour et venons envahir le banc qu'elles occupent. Sam embrasse Lydie sur la joue, Timothée aussi. Et ce baiser ne me fait rien du tout. Je suis surtout soulagé qu'il n'embrasse pas Chrysoline. Cet élan amical me donne le courage de tendre le gâteau à Chrysoline, qu'elle partage aussitôt.

À la pause de midi, Blex et moi avons un conciliabule sur l'étang de Berre. Grâce à l'atlas que lui a offert son cousin, Blex a appris que le bord de mer où part Sam est tout près de l'étang de Berre. Il voudrait que je le dise à mes parents pour qu'on l'invite à nous rejoindre. Sauf que moi, si j'invite Sam et Blex, je vais me retrouver tout seul. Blex qui a bien compris que Chrysoline m'a récemment tapé dans l'œil me demande où elle part en vacances.

Je n'en sais rien.

– Je l'appellerai ce soir à ce sujet, lui dis-je.

– Demande-le-lui tout de suite, elle est juste là !

Poser une question à Chrysoline devient pour moi de plus en plus difficile. Plus mon sentiment se renforce, plus j'ai de difficultés à trouver les mots… Après avoir mis dix minutes à l'approcher, je me lance :

– M'autorises-tu à t'appeler ce soir ?

– Bien sûr, me répond-elle.

Ainsi, je vais poser ce soir la question que je mûrirai dans ma tête toute la journée : « Où pars-tu en vacances ? »

Une fois que j'aurai obtenu la réponse, je la confierai à Blex afin qu'il cherche dans son atlas si nos deux lieux de villégiature sont éloignés. Si ce n'est pas le cas, je demanderai à papa et maman de les faire venir, elle et Sam, à l'étang de Berre.

Avant, j'avais dix ans, je n'avais pas peur du téléphone et j'étais optimiste. Maintenant, j'ai un grand-père, j'ai très peur du téléphone et je suis… assez pessimiste.

J'ai raison de l'être puisque maman me guette à la sortie du collège pour me dire que je vais dormir chez pépé, si je le souhaite, bien sûr.

Et refuser cette proposition à maman aurait de grandes chances de la tuer. Alors, avec les dernières forces qui m'habitent, je parviens à lâcher un tout petit oui.

## 26
## *La chambre du garçon avec une fille qui pousse à l'intérieur*

Ophélie ne m'a pas fait de bombe glacée, mais pépé m'a offert de son chocolat. Il n'en donne à personne. Je l'ai toujours vu se découper ses deux barres, sans jamais proposer à quiconque le moindre carré. Ce soir, c'est la fête. Nos quatre pieds sur la table basse, nous regardons la télé, tandis qu'Ophélie nous fait sauter des crêpes. Pépé est complètement différent quand papa et maman ne sont pas là.

– Tes imbéciles de parents ! s'agace-t-il. Te rends-tu compte qu'ils ont mis onze ans à te laisser ici pour la nuit ?

Je n'aime pas trop qu'on dise du mal de mes parents devant moi. Mais il faut toujours procéder par priorités, en fonction de son bien-être. Et puisque j'accède à la cour très fermée de mon grand-père, mieux vaut ne pas en sortir tout de suite avec une prise de position trop franche. Je pense alors à déplacer le sujet.

– Ils sont parfois un peu bizarres, c'est tout…

– Bizarres ? Tes parents ? s'insurge pépé. Mais il n'y a pas plus normaux !

– Ne dis pas de mal de ses parents ! crie Ophélie depuis la cuisine.

– Toi, tais-toi et fais des crêpes !

Il est quand même un peu bizarre, pépé. Si j'étais Ophélie, il n'est pas certain que je resterais avec lui. À l'heure où je dois me coucher pour être en forme le lendemain, elle vient me chercher, mais pépé rétorque :

– Et être en forme de quoi ? Tu vas le lâcher, ce gosse, oui ? Nous allons regarder un bon film. Ou deux.

Pépé me donne un coup de coude, je lui réponds d'un clin d'œil. Je ne sais pas pourquoi, mais je pense à Marie-Clo. Et vite, vite, je recommence à songer à Chrysoline. Il se produit alors une coïncidence, puisque pépé me lance :

– Au fait, tu as une amoureuse ?

Et là, je lui déballe tout. Lydie, la bicoloration, les filles, la boum de Sam, Chrysoline. Et quand je lui raconte que j'ai promis de l'appeler pour lui poser une question, il me tend le téléphone.

– Je vais aider Ophélie à la cuisine pendant que tu discutes ! Elle va être drôlement contente… La dernière fois que je suis entré dans la cuisine, c'était pour engueuler le carreleur quand on s'est installés ici, il y a… trente-six ans !

Tiens, je pensais que le carrelage était un matériau plus récent. Pour moi, pépé avait vécu dans des cuisines en terre battue. Qu'importe.

Par chance, j'ai écrit le numéro de Lydie dans mon cahier de textes. J'ai trouvé un test où, avec mon numéro et le sien, je dois pouvoir découvrir si elle est un peu, beaucoup, passionnément, à la folie ou pas du tout amoureuse de moi. Mais pas du tout est impossible.

Sa mère décroche, et cette fois elle me passe directement Chrysoline, sans tousser ni que j'aie besoin de transiter par son père. Je ne laisse pas à Chrysoline le temps de dire allô.

– Tu pars où en vacances ? Parce que si c'est en Méditerranée, côté étang de Berre, tu pourrais venir à la maison quelques jours… Il y aura Blex. Et Sam. Enfin, peut-être.

– Je ne pars pas, me répond-elle.

Et là, je comprends tout. Pourquoi le papier peint caca d'oie et pourquoi l'absence de chocolat. Ses parents sont trop pauvres, Chrysoline manque de tout, sauf de lacets et de brides. Son père doit être cordonnier. Quoique maman dise toujours que ce sont les cordonniers les plus mal chaussés. Nous raccrochons assez vite, et pépé qui s'ennuyait dans la cuisine est déjà de retour auprès de moi. Quand je lui explique le problème, il me répond qu'il se charge de ma mère. Puis il m'accompagne dans ma chambre, l'ancienne chambre de Rude…

Il me lance des : « Bonsoir fiston, mon gars, mon grand gars, mon petit garçon. » J'ai bien compris que j'étais un homme. Il ne doit pas s'en faire de ce côté-là. Je trouve dommage que sa tendresse n'aille plus vers Rude. Elle espère tellement un papa. Quand elle prononce le mot « papa », moi j'entends « pas-pas ». Elle ne le prononce pas, ce mot-là, elle le pleure. D'ailleurs, dans le disque qu'elle m'a offert, une de ses chansons raconte le père coincé dans ses yeux. Rapidement, le texte dégénère, et, quand je l'écoute, maman pousse un profond et tonitruant « lalalalala ! » sur les passages qu'elle souhaite épargner à mes oreilles. Quand pépé referme la porte de la chambre, je me demande si le génie des garçons qui ont des filles germant à l'intérieur vit ici. Il habite sûrement là, ce génie, qui fait du mal aux pépés qui ont eu des garçons qui sont devenus des filles. C'est sûrement dans cette pièce que Rude a été piqué.

Moi, j'ai une fille qui pousse à l'intérieur, mais elle vit en dehors de moi. Et elle s'appelle Chrysoline. Je compte la sortir de la pauvreté et l'aimer. Je m'endors en comptabilisant les bananes Cordon bleu. Si je gagne la totalité du lot et que je les revends dix euros chacune, je peux déjà lui offrir des ballerines.

## 27
## *Des filles ?*

Depuis cette nuit chez pépé, je demande souvent à y retourner, et maman freine des quatre fers. La semaine dernière, je devenais vert quand il s'agissait seulement d'aller déjeuner chez lui, alors il ne faudrait pas basculer dans l'extrême inverse. Elle ne sait pas qu'au fond j'ai le projet de le réconcilier avec Rude. On ne peut pas aimer le chocolat à ce point et être complètement mauvais. Lors de son séjour chez nous, Rude m'a peinée quand nous passions non loin de chez pépé et qu'elle ne regardait même pas en direction de son immeuble. Maman a refusé que nous allions déjeuner chez lui tous les trois, sans Rude, et il paraît que pépé lui a crié dessus. Je dis « il paraît », je veux dire que j'ai entendu, ou plus précisément écouté maman raconter à papa que pépé s'était mis hors de lui.

Mais je pense que rien n'est désespéré. Pépé a perdu un fils ? Eh bien, il a gagné une fille ! Je vais trouver comment le lui expliquer. J'ai onze ans, et mon but, désormais, est de les réconcilier, Rude et lui. Ça prendra le temps qu'il faudra, mais à présent que j'ai rencontré le vrai pépé, rigolo et gentil, je ne vais pas le laisser filer. Je me donne quelques mois pour lui apprendre à faire comme moi. Fille ou garçon, qu'importe, c'est la personne qui compte.

Pépé a déjà tenu sa promesse, il a téléphoné à maman. Il lui a dit que papa et elle devraient convier des amis à l'étang de Berre afin que je ne m'ennuie pas, en vacances, seul avec eux. Il le lui a conseillé sans aboyer, et maman l'a écouté. Elle lui a d'abord répondu qu'elle avait invité Blex pour cette raison précisément, et il l'en a félicitée. Elle ouvrait des yeux comme des billes de loto, tapant sur son front avec un doigt pour signaler à papa que pépé devenait fou. En raccrochant, elle s'est exclamée :

– Je ne reconnais pas mon père ! Il est doux comme un agneau et nous conseille d'inviter plein d'amis à l'étang de Berre. « Blex, c'est déjà très bien, a-t-il précisé, mais il semblerait que Quentin ait aussi envie d'inviter d'autres copains. »

– C'est vrai, Quentin ? m'a demandé papa.

– Oui… Sam est en vacances, pas loin. Elle pourrait venir aussi ? Et Chrysoline ne part pas. On pourrait l'inviter…

Papa s'est raclé la gorge et maman a froncé les sourcils.

– Des filles ? ont-ils dit en chœur. Tu es sûr ?

– Tu sais, les filles… renchérit papa, sont très différentes des garçons. Elles font des…

– Chichis, a coupé maman, elles pleurent tout le temps…

– Elles se font piquer par un moustique, et il leur faut tout de suite une petite crème…

– Voire le docteur…

– Elles ont peur des chiens, des chats, même des poissons quelquefois…

– En plus, elles sont plus mûres que les garçons, a ajouté maman en faisant non avec la tête. Vous allez vous sentir idiots par moments.

Mes yeux se sont arrondis. Déconcerté, j'ai écouté mes parents me dresser le portrait des filles de mon âge.

– Regarde Cléa et Zoé ! Tu ne peux pas les voir !

J'ai hésité à devenir stratégique, en demandant un chien par exemple, certain que, par comparaison, mes parents préféreraient emmener deux filles en vacances, mais j'ai pensé très fort à Chrysoline, et j'ai préféré répondre avec franchise :

– Papa, maman, j'aimerais vraiment inviter Chrysoline. Elle est gentille, on s'entend très bien et elle ne part pas en vacances. Ça me ferait plaisir, voilà. Le numéro de ses parents est sur la table… Et, pour Sam, je sais que Blex serait content si on la recueillait un peu, elle aussi.

Mes parents se sont regardés, et j'ai vu que leurs idées préconçues allaient faire long feu.

– J'ai eu dix-sept de moyenne cette semaine, ai-je ajouté.

Puis j'ai quitté le salon, avant que maman n'ait le temps de dire : « Bravo, ma petite chaussette. »

Assis sur mon lit, j'ai regardé les photos pendues aux fils de laine bleue et je me suis rendu compte que j'en avais accroché une d'Ophélie mais aucune de pépé. La prochaine fois que j'irai dormir chez lui, je demanderai à Ophélie d'en prendre une de nous deux. Et puis, cet été, je photographierai Chrysoline. Grâce à moi, elle va partir en vacances, je le sais. Mes parents vont dire oui. J'ai confiance en eux. Finalement, j'ai onze ans et j'ai confiance en la vie. La réponse du concours Cordon bleu prouve que j'ai raison. J'ai perdu, mais j'ai quand même gagné. Un autocollant mousseux en forme de soleil.

Sur une des photos que je rapporterai de vacances, Chrysoline portera une robe blanche.

Évidemment, tout le monde pensera qu'elle s'habille en blanc parce qu'elle est bronzée. Mais moi, je saurai la vérité. Elle s'habillera en blanc parce que je vais l'épouser.